ANDRÉ LUÍS GONÇALVES
FLÁVIA OLIVEIRA RAMOS
JOSÉ NEWTON TAVARES
LUIZ AUGUSTO LIMA DE ÁVILA

TEXTÓRIO, O FANTASMA DO TEXTO, A TRAMA DE UM TECIDO:

TODA ESCOLHA IMPLICA PERDA, A ESCOLHA DE UM ENTRE DOIS CONTRÁRIOS E A ÉTICA IMPLICA A RESPONSABILIDADE DE TENTAR ESTABELECER O EQUILÍBRIO

2021

ANDRÉ LUÍS GONÇALVES
FLÁVIA OLIVEIRA RAMOS
JOSÉ NEWTON TAVARES
LUIZ AUGUSTO LIMA DE ÁVILA

Textório, o fantasma do texto: da relação entre "ser um argumento a favor de" implicado em "ser um argumento contra" não podemos inferir ou deduzir absolutamente coisa alguma: X pode ser um argumento a favor de Y e ser verdadeiro (ou, em geral, válido), o que não impede Y de ser falso, porque, por exemplo, Z é um argumento contra Y com peso maior que X. Mas, o processo de argumentação não é, por assim dizer, linear, mas antes reticular; seu aspecto não lembra uma cadeia, mas, sim, a trama de um tecido.

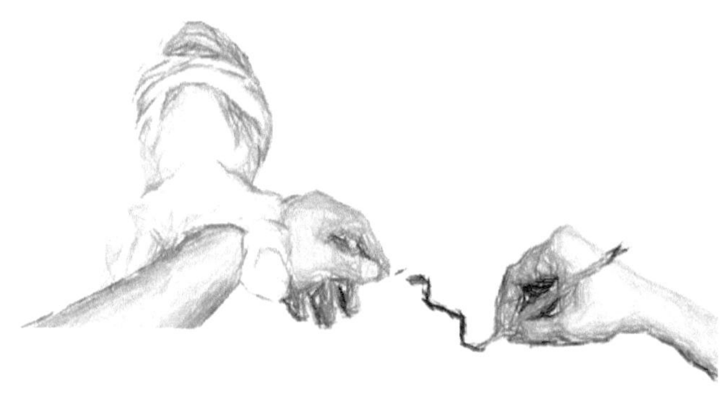

LUIZ AUGUSTO LIMA DE ÁVILA

Doutorado em Linguística e Língua Portuguesa (PUC Minas. 2010). Mestrado em Teoria do Direito (PUC Minas. 2004), Mestrado em Direito Internacional e Comunitário (PUC Minas. 2000), especialização em Ensino Lúdico, Alfabetização e Letramento, Educação Inclusiva, Gestão Escolar, Psicopedagogia, Ensino de Matemática: anos iniciais do ensino fundamental, Ensino de Filosofia, Língua Portuguesa e Docência, Filosofia, Direito Processual, Direito do Trabalho e Direito Empresarial. Professor universitário da Faculdade Mineira de Direito (FMD) e do Departamento de Ciências Humanas na Pontifícia Universidade Católica de Minas Gerais desde 1998. Autor de "LÓGICA JURÍDICA. Uma análise linguística das regras de predicação e intermediação de conceitos jurídicos" (ISBN 9788562741982).

JOSÉ NEWTON TAVARES

Possui graduação em Filosofia pela Pontifícia Universidade Católica de Minas Gerais (1993), graduação em Teologia pelo Instituto Santo Tomás de Aquino (1996), mestrado em Educação pela Pontifícia Universidade Católica de Minas Gerais (2002) e doutorado em Educação pela Pontifícia Universidade Católica de Minas Gerais (2018). Atualmente é professor da Pontifícia Universidade Católica de Minas Gerais. Tem experiência na área de Educação, com ênfase em Filosofia da Educação, atuando principalmente nos seguintes temas: filosofia latino-americana, política, currículos e história da educação.

ANDRÉ LUÍS GONÇALVES

Doutor em Filosofia pela UFMG (2021) na linha de Ética e Filosofia Política. Mestre em Filosofia pela PUC-Campinas

(2005) na linha de Ética. Graduado em Filosofia pela PUC Minas (1999). Professor Adjunto I do Departamento de Filosofia da PUC Minas. Coordenador de Extensão e Pesquisa, curso de Direito, PUC Minas no Barreiro.

FLÁVIA OLIVEIRA RAMOS

Bacharel em Direito pela PUC Minas. Pós graduada em Ciências Criminais pelo IEC PUC Minas. Pós Graduada em Direito Processual pelo IEC PUC Minas. Vice-presidente da 105 Subseção da OAB/MG – Triênio 2019/2021. Presidente da Comissão da Mulher Advogada da 105 Subseção da OAB/MG. Presidente da Comissão de Direitos Humanos e Assuntos Penitenciários da 105 Subseção OAB/MG.

PREFÁCIO

– Um dragão que cospe fogo pelas ventas vive na floresta.

– Mostre-me, você diz. E eu o levo até a floresta. Você olha e vê muitas árvores e até um riacho que corre por entre as pedras, mas nada de dragão.

– Onde está o dragão? Você pergunta.

– Está ali, na clareira depois daquelas árvores. Respondo acenando vagamente. – Ah! Esqueci-me de dizer que o dragão é invisível.

– Vamos tirar o molde de suas pegadas e usar um sensor infravermelho para detectar o fogo invisível. Você retruca!

– Isso não seria uma má ideia, mas o dragão flutua no ar e o fogo que solta pelas ventas não tem calor. Digo eu.

– Borrifemos no dragão uma tinta para torna-lo visível. Você insiste.

– Boa ideia! Mas o dragão é incorpóreo e a tinta não iria aderir. E digo, ainda, que da relação entre "ser um argumento a favor de" implicado com "ser um argumento contra" não podemos inferir ou deduzir absolutamente coisa alguma: X pode ser um argumento a favor de Y e ser verdadeiro (ou, em geral, válido), o que não impede Y de ser falso, porque, por exemplo, Z é um argumento contra Y com peso maior que X. Mas, o processo de argumentação não é, por assim dizer, linear, mas antes reticular; seu aspecto não lembra uma cadeia, mas, sim, a trama de um tecido, textório.

Luiz Augusto Lima de Ávila
José Newton Tavares

Carta de um professor a seus alunos ...

Prezados alunos,

Se me esforçar e estudar muito, vou tirar boa nota. E isso é o que comumente dizemos e pensamos. No entanto, se tirarmos boa nota, não iremos questionar a ilusão ou a crença de que, por conclusão, a causa determinante foi o esforço e o estudo. Mas se não tiramos boa nota, questionamos o que não é mais a ilusão ou a crença de que, por conclusão, a causa determinante foi a falta de esforço ou a falta de estudo.

Por analogia, lembrem-se da questão em que o professor comunica aos alunos um possível atraso. Diz o professor: Se devo me atrasar um pouco, então não vou faltar. E se constatarem que não faltei, então dizer que me atrasei seria falacioso, pois o raciocínio não é lógico.

Entendida as questões, inferimos a impossibilidade de se deduzir a causa pela consequência. Assim, ainda que se atrase, o professor não terá se atrasado. Do mesmo modo que ainda que tenha estudado, o aluno não terá estudado; ou ainda que não tenha estudado, o aluno terá estudado. O atraso ou o estudo seriam, então, meramente ilusórios.

Dito isso, lembrem-se de que não há como justificar a exigência de uma boa nota fundada nos esforços e estudos dispensados por vocês. Se assim o fizerem, estarão, vocês mesmos, dando o fundamento para a negativa ou indeferimento de todo e qualquer recurso que interponham.

Luiz Augusto Lima de Avila

SUMÁRIO

O CÁLCULO DA FELICIDADE

André Luís Gonçalves

Flávia Oliveira Ramos

OS POETAS NO PODER

José Newton Tavares

Às vezes a loucura toma conta de mim. Sem perceber, como uma leve brisa ao entardecer, ela roça meu rosto e, então, sinto que sou tomado por impulsos vulcânicos, forças indomadas que, deixando a escuridão, brincam com minhas certezas e seguranças. A loucura não é tão má quanto parece. Há algo de belo nos loucos que sempre me atraiu. Algo assim como uma recusa em ser domesticado; não uma fuga do mundo, mas, quem sabe, uma procura da nossa verdade escondida. Positivamente: ela apenas abre cercas para deixar passar nossos anseios escondidos. Pois é... hoje ela veio morar no meu corpo.

Explico: Hoje reli Platão. Coisa boa reler Platão. É como voltar à nossa infância filosófica, pois foi lá que tudo começou. Até aí nada de loucura. Quem seria louco de considerar louco quem lesse Platão? Pelo contrário, lê-lo seria a prova viva de sua sanidade mental, afinal Platão foi o pai da filosofia ocidental com seu ideal de racionalidade e objetividade (coisas comprovadamente normais). A loucura começou a fazer das suas quando, inadvertidamente — pois é sempre assim que a loucura nos visita — bati o olho na afirmação platônica conhecida como "sofocracia", ou seja, o governo dos sábios. Platão, como todo o filósofo, era um homem sério, racional e normal. Seu sonho era uma cidade (hoje seria um país) governada pelos sábios, os melhores, lê-se: filósofos. Ele usou até uma metáfora — que passo a contar com uma inovação moderna — para ilustrar isso: imaginem que vocês estão em um avião a 35 mil pés de altura. De repente o piloto e o co-piloto morrem, fulminantemente, de um ataque do coração. Para Platão não era a hora de fazer uma eleição democrática (ele não amava muito a democracia) entre os passageiros para escolher o piloto. O verdadeiro procedimento era perguntar: "Quem aqui sabe pilotar aviões?" Assim, para o nosso filósofo, quem deve comandar são os que sabem e não os escolhidos por uma eleição. Quem garante que os escolhidos saberão governar? Parece razoável, não acham? Pois bem...Esse ideal está longe de ser apenas de Platão. Ele ainda resiste, bravamente, em nossas mentes e corações. Principalmente na mente e coração das massas.

Com todo o respeito que tenho por Platão, esse filósofo da racionalidade e que, concretamente, sedimentou a tradição idealista e racional da cultura ocidental, tomei a liberdade e a loucura de desafiá-lo. Contrariamente ao seu "sábios no poder" eu, irônica e loucamente (pois somente um palhaço e um louco pensariam coisa tão estapafúrdia), postulei os "poetas no poder". Não...por favor, não me receitem psicólogos...eu sei que a idéia é maluca...já confessei meu crime. Meu sonho permanecerá sonho; meu desejo permanecerá desejo. Peço desculpas pela minha infração. Assim como em "1984" eu cometi o maior de todos os crimes: ousei sonhar.

Deixem-me pelo menos contar meu sonho, pois não estou sozinho. Pablo Neruda disse que há uma revolução que se faz com poesia e alegria. Também ele ousou acreditar que a poesia poderia ser "útil". Mais do que isso: que ela, estranhamente, poderia ser um texto de constituição. Tomado pela mesma loucura que me afetou, ele também acreditou que os homens poderiam governar e ser governados por preceitos estéticos e não somente por imposições éticas; que junto com o "não matarás", os homens pudessem ser guiados pelo: "seja delicado com seu irmão, pois nele mora a beleza infinita e no seu coração bate o pulsar do universo"; ao lado do "não roubarás", um outro artigo rezaria: " está expressamente liberado, a partir de agora, que todos bebam do sabor e da beleza que mora, escondida, nos porões das nossas dores"; concomitante ao "não levantará falso testemunho", o parágrafo primeiro do artigo 3º dirá: " de agora em diante todos poderão brincar na chuva, chorar de emoção diante do pôr-do-sol e olhar-se no fundo dos olhos sem medo ou vergonha, porque a verdade será leve como um perfume... tão cristalina que não levará mais o nome de verdade e sim de beleza".

Minha insanidade não parou aí. Comandadas pelos poetas, multidões, em mutirão, tirariam as pesadas grades de suas janelas, substituindo-as por vasos de flores e, ao som da "banda" do Chico, debruçariam-se nelas, deixando todos os afazeres, apenas para ver a banda passar "cantando coisas de amor". Aos domingos, o povo, não mais veria "faustãos", "gugus" ou "Ratinhos"... Deixaria suas casas fortificadas como um castelo medieval e sentaria nas praças onde pudesse ler, ouvir ou criar poesias...Nos bares, ao lado da TV, tão importante como isca esportiva, haveria mesas especiais preparadas para os bebedores de literatura. As frases mais corriqueiras dos garçons seriam: "Vai um Tolstoi aí?", ou então: "Temos também Saramago como tira gosto..." Ouviriam-se pedidos inusitados: "Garçom! Traz um Hermam Hesse bem geladinho..." Os empresários da bebida ficariam uma fera, mas, em compensação, o Instituto Médico Legal teria muito menos trabalho nos fins de semana. Os jovens não se deleitariam mais com "tiazinhas", "feiticeiras" ou "Tiagos Lacerdas"...seus ídolos seriam mais frágeis, é verdade, sem a consistência plástica dos que citei, mas teriam um ganho: seriam cheios de beleza e tristeza, tão necessários para a criação da profundidade humana. Os adolescentes trocariam a gritaria estérica diante desses ídolos de barro pela emoção silenciosa e comprimida que acompanha a intuição de infinito que se esconde em um poema. Nos Autdoors poderíamos ver estampadas as figuras de Fernando Pessoa, Cecília Meireles, Mário Quintana...Nos tribunais, as sentenças dos juízes seriam inapeláveis: "Você está condenado a recitar Walt Whittmam e Robert Frost durante 30 dias para perceber a sacralidade que invadiste." Nos confessionários das Igrejas os penitentes rezariam o ato de contrição da Adélia Prado: "Padre! Pequei... olhei uma pedra e vi só pedra mesmo..."

Não contente com isso, minha insanidade foi ao extremo. No auge de minha loucura imaginei que nessa república dos poetas, o presidente visitaria periodicamente vilas e favelas, grandes e pequenas cidades, não para angariar votos numa ciranda de conchavos e alianças espúrias, mas para cantar, rezar e esperar com eles, convencido de que política não é, basicamente, administrar coisas, mas uma arte de gerar um povo, firme na certeza de que nem só de pão vive uma nação. O ministério da cultura seria extinto sob a acusação de inutilidade, pois nessa "poetocracia" o povo é que seria um ministério para a cultura. Etmológicamente ministro significa: aquele que ministra, que gera, que gesta. Nos presídios haveria música e dança. Em suas solitárias noites, os detentos seriam torturados com Mozart, Bach e Beethoven até o limite da lágrima, despertando neles a ternura e a delicadeza embotadas pelos tortuosos caminhos da história pois, segundo Violeta Parra: "Até mesmo o mais feroz animal sussurra um doce trino".

Tudo sonho, é verdade..., mas "o que seria de nós sem o socorro das coisas que não existem?" (Valéry). Sonhos são como estrelas: distantes, inalcançáveis, mas o que seria dos navegantes sem elas? Sem suas longínquas presenças nossas noites seriam bem mais escuras e tenebrosas...os amantes perderiam suas mais reluzentes confidentes e os astrólogos ficariam amputados para sempre...

Minha poetocracia é uma miragem, uma visão do coração. Utópica, ingênua, sonhadora, dirão. Não importa que seja utópica. Não importa que não se realize nunca. São coisas impossíveis, eu sei, mas são maravilhosas. Criam vida e esperança em meu olhar. Segundo Fernando Pessoa "o que seria o homem sem utopia senão um cadáver adiado que procria?". E não é estranho que são justamente as coisas impossíveis que nos impulsionam ao futuro? Olho para trás e vejo que, na história da humanidade, elas sempre perderam. No entanto, inexplicavelmente, nunca morreram. Alojam-se no sub-solo da nossa existência e nos fazem suportar o presente. Mal sabem os sérios e normais que devem sua própria existência aos loucos, sonhadores e poetas...esses apaixonados pela raça humana que, no meio da dor e da tragédia de uma sociedade sem sonho, reatualizam sempre o desejo do mundo. Um dia, quando deixar essa vida repetirei com Darcy Ribeiro: "Lutei pelos pobres, perdi; lutei pelos índios, perdi; lutei pelos oprimidos, perdi; lutei pelos negros, perdi...mas morro feliz pois não gostaria de estar do lado dos vencedores...".

Minha loucura chegou ao fim. Para a alegria dos "normais", meu surto psicótico deixou-me e voltei ao mundo do qual, segundo eles, nunca deveria ter saído. Nossa sociedade é mais freudiana do que pensa ser: o princípio da realidade deve prevalecer sobre o princípio do prazer. Mais que isso: o princípio do prazer é uma neurose e deve ser curado.

Voltei..., mas algo em mim diz que minha loucura é incurável. No fundo de minhas nostalgias e saudades ela espera, pacientemente, um momento de luz para a festa de liberdade. Para minha doença crônica de nada adiantam remédios e psiquiatras. Sou incurável. Sou louco. Estou doente. Minha doença se manifesta sempre que meu coração, a despeito de todos os poderes e forças da sanidade, segreda-me baixinho: quem sabe?

"Dizem que sou louco, mas não sou o único" (Rita Lee). Surpreendo-me ao perceber que sou irmão de Mário Quintana:

"A moça do arame equilibrando a sombrinha

era de uma beleza instantânea e fulgurante!

A moça do arame ia deslizando e despindo-se. Lentamente. Só para judiar.

E eu com os olhos cada vez mais arregalados até parecerem dois pires.

Meu tio dizia: "Bobo! Não sabes que elas sempre trazem uma roupa de malha por baixo ???" (naqueles tempos não havia maiôs nem biquinis...)

Sim! Mas toda a deliciante angústia dos meus olhos virgens segredavam-me sempre: "Quem sabe?"...

Eu tinha oito anos e sabia esperar.

Agora não sei esperar mais nada desta nem de outra vida.

No entanto o menino (que não sei como insiste em não morrer em mim) ainda e sempre, apesar de tudo, apesar de toda as desesperanças,

O menino às vezes segreda-me baixinho:
"Titio, quem sabe?..."
Ah, meu deus, essas crianças!"

ODEIO OS PONDERADOS

José Newton Tavares

Eu sempre fui meio esquisito. Sempre andei pelo lado contrário das coisas. Meu olhar sempre pousou nas outras margens. Assim como Alan Poe eu também sempre tive a sensação de que "nunca via como os outros viam. Minhas paixões eu não podia tirar de fonte igual a deles; e era outra a origem da tristeza, e era outro o canto que acordava o coração para a alegria". Foi assim. Por entre esses caminhos estranhos à maioria que eu armava a minha tenda e preparava o banquete solitário para os deuses. Nunca tive muitos amigos. Não os compreendia. Da mesma forma que Nietzsche, eu bati em retirada em direção à montanha.

Foi essa vocação à solidão e ao insólito que me rendeu muitos anátemas. A maioria não suporta isso. O bando odeia o indivíduo solitário. Ele é a prova viva de suas superficialidades. A multidão vê a mesma coisa. O solitário vê uma coisa só. Isso me lembra aquela história dos dois flautistas que tocavam em uma praça pública. Um deles tocava melodias maravilhosas, as notas saiam de sua flauta uma atrás da outra sempre numa ciranda de harmonia. Todos admiravam sua arte. Do outro lado um flautista solitário tocava uma nota apenas. Incomodado um turista lhe perguntou: "Por que você não toca como o outro flautista? Porque você toca apenas uma nota sem parar?" Ele respondeu: "Porque eu já achei a nota certa".

Essa estranha mania de caminhar por onde não são vias ainda me traiu mais uma vez. Mas eu não tenho culpa. Ela desce sobre mim. Quando menos espero lá estou eu em direção oposta, fulminado pelos olhares dos donos da verdade. No entanto eu não procuro mais a verdade. Eu procuro a beleza. Explico: Eu odeio os ponderados. Eu os odeio com todas as minhas forças. Sei que aos olhos da normalidade eu devo estar louco. Talvez esteja mesmo. Mas o que é a loucura? Quem delimitou o espaço da normalidade?

Descobri que odeio os ponderados ao ouvir uma conversa na sala dos professores da Universidade onde trabalho. Um professor, colega das lides científicas, portanto, serio e ponderado, desferrou um ataque feroz ao Presidente Venezuelano Hugo Chaves, pela forma como ele se referia ao Presidente Americano George W. Bush, o chamando de "diabo" e coisas do gênero. Segundo esse eminente professor (certamente muito ponderado) Hugo Chaves deveria ser mais ponderado, afinal sendo ele chefe maior de uma nação, não poderia se referir a outro chefe de estado com palavras de baixo calão.

Foi ai que minha estranha mania de viajar ao contrário se manifestou. Eu fui o único que discordei. Discordei porque odeio os ponderados. Odeio os que querem sempre o meio termo. Odeio os que pensam andar delicado em cima de muros. Odeio os Habermasianos que querem resolver problemas vitais com argumentos racionais e lógicos. "A vida ultrapassa todo entendimento" (Clarice Lispector). A vida não espera. O corpo desfigurado não discursa, não entra em entendimento. Diante da vida humana sacrificada os argumentos dos ponderados me soam adequadores e cínicos.

Eu odeio os ponderados. Eles nunca criaram nada de importante na história. Pelo contrário. Foram os desequilibrados que geraram vida para a raça. O Homem é um eterno desequilibrado, por isso ele é transcendente. Por isso ele não aceita o que esta ai. Por isso ele sonha o apenas vislumbrado. Por isso ele se lança na poeira do mundo em busca do não sabido. Por isso ele criou religiões, arte, canto e dança. Por isso ele chora quando a morte aparece, porque ele sabe que não foi feito para ela. Por isso, quando seus braços estão algemados, ele canta. Quando sua boca esta trancada, ele chora. Quando lhe impedem de ser, ele é apesar disso. Quando lhe tiram os horizontes, ele olha por cima das nuvens. Nada segura um desequilibrado, porque ele sabe que não é daqui. Um desequilibrado nunca aceita a vida como ela é porque ele sabe que nós não somos só esse pacote de desejos e necessidades.

Quão diferentes são os ponderados. Os ponderados não brincam na chuva por medo de gripe. Não pulam das árvores por medo da queda. Não se lançam ao amor para não sofrer desilusão. Não saltam no abismo pelo medo do escuro e do imponderável. Não se lançam em uma grande aventura, pois ela pode acabar mal. Eles medem conseqüências. Vivem com uma balança debaixo do braço. E se não der certo? Os ponderados pensam duas vezes. Racionais. Demasiadamente racionais. Em nome da ponderação legitimam mundos sacrificantes e desumanos.

Eu odeio os ponderados. O que seria do mundo se Moisés, Gandhi, Jesus, Martin Luther King e uma infinidade de desequilibrados como esses tivessem sido ponderados? O que seria de nós se eles tivessem pensado duas vezes? O que seria de nós se eles tivessem pesados os dois lados? Eles não pesaram os dois lados, porque eles não tinham dois lados. Eles estavam de um lado só. O lado da vida. Do humano. Da beleza. Diante da morte só há um lado: o lado da vida. Graças a Deus eles não foram ponderados. Graças a Deus eles foram inconseqüentes.

Sei que os ponderados dirão: "Bela coisa! Veja o resultado. Quase todos assassinados. Se tivessem sido ponderados não teriam o fim que tiveram." Mas eles não tiveram fim. Eles são eternos. Essa é a diferença: os desequilibrados não morrem. Olho para trás e percebo que, apesar de não terem vencido, eles nunca morreram. São eles as luzes da raça. São eles que balizaram a dignidade do humano. Não sabem os ponderados que devem sua própria existência a esses desequilibrados.

Os ponderados querem vencer. Os desequilibrados não precisam. Há uma grande diferença entre vencer e ficar eterno. Os mais jovens não lembrarão, mas no início dos anos noventa um jovem chinês, em plena praça vermelha, impediu a passagem de um tanque de guerra que, a mando de um ponderado, tentava evitar o florescimento da vida. No final os tanques venceram (os tanques sempre vencem), mas o jovem chinês ficou eterno. Essa imagem ficou eterna. Ela sempre volta quando se quer alimentar a esperança. O jovem chinês nunca morreu. No entanto, alguém sabe quem dirigia o tanque de guerra?

Onde estão os ponderados? Sumiram...viraram poeira cósmica. Voltaram ao nada, porque nada eram. Se ficaram para a história foi justamente por causa dos desequilibrados aos quais se opuseram. É curioso e desalentador se visto sem profundidade, mas os desequilibrados nunca venceram, no entanto, nunca morreram. Eles se alojam no subsolo da nossa existência e nos fazem suportar o presente. Sob uma outra mirada a questão não é vencer ou perder; a questão é vencer ou ficar eterno. Vasos de flores não podem vencer botas de guerra. Mas eles têm uma característica única: brotam da terra contra toda a vontade, apesar da chuva e do mau tempo.

Foi isso que eu disse a meu colega professor, cientista, doutor e cristão. Qual a semelhança entre a acusação de Jesus (filho de Deus) aos poderosos do seu tempo: "sepulcros caiados", e a acusação de Hugo Chaves ao Presidente Bush: "Diabo"? Os dois foram totalmente inconseqüentes. Desequilibradamente se insurgiram contra o Império. De Jesus se sabe o resultado de tamanha inconseqüência. Se ele tivesse sido ponderado, talvez tivesse morrido de velhice ou de acidente de camelo no deserto da palestina. Mas não seria digno.

-X-

NA DEMOCRACIA NÃO HÁ ALTERNÂNCIA DE PODER OU: PORQUE SOU SEMPRE DO CONTRA?

José Newton Tavares

Meus alunos me perguntaram por que eu sempre sou do contra. Confesso que essa indagação me pegou de surpresa. Eu também não sei a razão. Isso sempre foi um mistério para mim. Tenho palpites, ideias... mas acho que nunca vou saber com exatidão. A verdade é que sempre caminhei na direção contrária à maioria, razão pela qual sempre preferi a solidão e os cantos mais escuros. Nunca suportei a multidão. Sentimento que compartilho com Mario Quintana: "Sempre me senti isolado nessas reuniões sociais. O excesso de gente impede de ver as pessoas..."

Talvez a psicanálise possa me ajudar. Menino ainda, vindo do sul, eu cai de para quedas em Minas Gerais. Sotaque diferente, mundo diferente, tudo diferente...me refugiei em mim mesmo. O riso do meu sotaque, do meu olhar perdido, da minha solidão me jogaram contra o silêncio. Há! como as crianças podem ser maldosas...Talvez por isso prefiram o bando, para se defender de si mesmas. Eu preferi a solidão e a tristeza. Não me arrependo. Ostra feliz não faz pérola. Acho que foi lá que tudo começou.

A solidão é inimiga mortal da maioria. Para mim ela é fonte inesgotável de felicidade. Há! se as pessoas pudessem compreender isso! Mas sei que não podem. Para compreender as mesmas coisas é necessário amar as mesmas coisas e a maioria não ama a solidão. Por isso a solidão não é democrática. Para ser democrática seria preciso que todos a quisessem...Não, a solidão é aristocrática. É para poucos. A solidão é para quem foi jogado nela. Não é uma opção. Opção é o que fazer com ela. Eu segui o conselho de Goethe: "Faça da tua dor um poema".

A razão dessa confissão antropológica foi a pergunta dos meus alunos: "Professor, porque o senhor é sempre do contra?" Essa questão não surgiu por acaso. Em uma aula eu cometi a insensatez de afirmar que a essência da democracia é a perenidade do poder. Contra todas as afirmações da política contemporânea eu neguei peremptoriamente a alternância do poder no regime democrático. E fiz essa afirmação no exato momento em que o presidente venezuelano Hugo Chaves tentava passar uma reforma para se eternizar na coordenação do poder venezuelano. As reações foram óbvias: autoritário, ditador etc...

No entanto, apesar dos ataques, eu continuo afirmando: A essência da democracia é a perenidade do poder e não a alternância. Pela simples razão (aparentemente óbvia, mas não é) de que na democracia o poder é do povo e alterná-lo significa tirá-lo de quem de direito. Na democracia verdadeira aqueles que coordenam o poder sabem que não o tem. Sabem, ou deveriam saber, que o poder não se toma. Nada há de mais antidemocrático do que tomar o poder. Não se toma o poder, se pede permissão ao povo para representá-lo. E isso porque o poder é uma faculdade do povo, que o tem ou não. Ou o povo exerce o poder ou se debilita.

Por isso, contra tudo o que foi dito desde Hobbes e Locke, passando por Weber e todas essas definições liberais do século XX, eu afirmo, contra a corrente, que o poder reside exclusivamente na comunidade política. Não está no Estado, ou nas Instituições. O Estado não é o soberano. É o que o filósofo

Enrique Dussel chama de poder obedencial, ou seja, um poder que só é poder porque obedece. Obedece a quem? A quem o detém verdadeiramente: o povo.

O poder obedencial acontece quando aquele que exerce a função da Instituição, não como sede do poder para os seus interesses, mas como função delegada, obedece a comunidade política que o elegeu. Obediência vem de ab-audire: ouvir o que está diante.

Mas isso é óbvio dirão. Não tão óbvio assim. No fundo, nossas democracias modernas são aristocracias travestidas. Em nome do povo, grupos alimentam suas voracidades econômicas. Quem "sobe" ao "poder" não governa com o povo, (perceba que na democracia verdadeira não se governa para o povo, mas, sim, com o povo) mas para si mesmo e seus pares. Segundo Dussel a corrupção começa não no ato ilícito praticado pelo político, mas na concepção de política que norteia sua ação, muito antes de sua eleição. O que esta corrompido não são os políticos, mas os fundamentos da política. Uma política baseada na noção de poder como controle, administração de coisas.

Na democracia verdadeira o poder é um poder que obedece. Não são os interesses particulares nem os interesses dos grandes grupos econômicos que governam, mas os interesses do povo, único legítimo dono do poder. Por isso é poder obedencial. Por isso o espanto mundial quando o presidente da Bolívia Evo Morales, pela primeira vez na história política ocidental, não foi investido primeiramente no parlamento do seu País. Antes ele foi, no alto da montanha, pedir permissão ao legítimo dono do poder (seu povo) para governar. Lá estava seu povo, o verdadeiro povo boliviano, autóctone, índio. Lá o presidente prometeu ser fiel a ele, obedecendo.

É outro jeito de entender política. É outro jeito de ver o mundo. Às vezes me pergunto se esse anormal também não sofreu com a solidão. Acho que sim. Só mesmo um solitário para poder seguir caminho tão contrário à normalidade. Normalidade essa que quer se restituir novamente a base de muita ajuda econômica norte-americana. Mas ele resiste. Jurou ser fiel ao povo obedecendo. Ele vai até o fim.

Essa é a resposta que dou aos meus alunos. Não é que eu seja do contra somente para discordar. Eu apenas vejo diferente. Em um mundo governado pela lógica do pensamento único andar contra a corrente é correr o risco de ser internado ou então de ser chamado de louco ou, pior ainda, ser acusado de não ser flexível, de não compreender o momento histórico. Afinal, como dita nossa epocalidade, não devemos ser "tão radical". Ou seja: ou você capitula ou é taxado de anacrônico, execrado da convivência social e intelectual. É preciso ser do contra. Quem anda com a multidão vê sempre as mesmas coisas, o óbvio. Quem anda sozinho vê coisas diferentes. Por isso eu recomendo aos meus alunos o mesmo conselho que recebi de Nietzsche: "Corra, meu amigo, para dentro da tua solidão. Sê como a árvore que ama com seus galhos. Silenciosamente, escutando, ela se dependura sobre o mar".

-X-

A SUBVERSÃO DA ALEGRIA

José Newton Tavares

Fui acusado de não ser muito sério em meu trabalho. E essa acusação foi feita com uma pitada de anonimato, certamente com medo que eu me sentisse ofendido. Nada mais inverídico. Como poderia ofender-me com a acusação de ser justamente aquilo que busco? Pelo contrário senti-me recompensado, a "acusação" tomou conta de mim como uma festa e uma orgia.

Explico-me: há tempos que desisti dos sérios e eruditos, homens da sisudez e do saber. Prefiro a companhia dos poetas, dos loucos e dos palhaços, homens da alegria e do sabor. Os sérios e eruditos não me convenceram. Suas palavras saíam sem vida de suas bocas, seus olhos não tinham o brilho dos que colhem morangos ao fim da tarde, suas mãos duras tinham perdido a direção do carinho e nada mais ia nem vinha de seus pobres corações petrificados... Eles me lembravam a história de Pinóquio às avessas: do menino de carne e osso que depois de passar pela educação, virou um boneco de pau. Por isso recuso-me a ser maduro, "adulto". Por que desejaria tamanha maldade para mim? Quem pela educação ficou maduro, é boi de carro; animal doméstico; eunuco; trocou as águias por tartarugas. Maturidade é um estado mental que se acomodou, cachoeira que virou charco, pato selvagem que preferiu a gordura preguiçosa do milho doméstico, prisioneiro que desistiu de fugir.

Não...Definitivamente não vou por aí. Eu quero o longe e a miragem, as torrentes e os abismos. Sou um ser de precipícios e não de planícies. Por isso sou angustiado e ansioso. Toco com o coração o que não posso tocar com as mãos. "Para minha sede o mar é uma gota" (Adélia Prado). Vivo das alturas. Mas sei do preço a pagar. Quem vive das alturas corre o risco de viver sozinho, pois quem desejaria sentar-se comigo no banquete da solidão? Quem ousaria acompanhar-me pelos caminhos íngremes e escarpados da profundidade humana? Poucos são os meus companheiros, eu sei. A maioria prefere a gritaria da torcida, o murmúrio das procissões, o frisson das luzes e a algazarra da multidão. Eu quero solidão.

Aos olhos dos sérios e eruditos eu sou um desertor da civilização, um anômalo, desviado. Mas se é isso que chamam de civilização, esse eterno arrastar-se de víboras inacessíveis à beleza, à ternura, à paixão, aos encontros...Como não se afastar de tal farsa? Assim como Nietszche também eu subi a montanha com o mesmo lamento:

"Onde subirei com meu desejo? De todas as montanhas eu busco terras paternas e maternas. Mas não encontrei um lar em lugar algum. Sou um fugitivo em todas as cidades, e uma partida em todas as portas. Os homens de hoje, para quem meu coração recentemente me levou, são-me estranhos e grotescos. Sou expulso de todas as terras paternas e maternas. Assim, eu agora amo somente a terra dos meus filhos, ainda não descoberta, no mar mais distante e nessa direção enfuno minhas velas..."

E nessa travessia desejo a companhia das crianças e dos bufões, pois eles sabem que o brinquedo e o riso são coisas sérias, quebram feitiços e exorcizam a realidade. Dão nome ao ausente. E ao dar nome ao ausente eles estão decretando a precariedade das coisas presentes. Mesmo àquelas que se acham eternas. Não estou sozinho, Octávio Paz também compreendeu a função da irreverência: "Os verdadeiros sábios não tem outra missão que aquela de nos fazer rir por meio de seus pensamentos e de nos fazer pensar por meio de seus chistes". Sei que é preciso dizer isso com cuidado, num sussurro. Pois quem vê coisas que outros não vêem e não vê coisas que os outros vêem corre o risco de ser trancado num hospício — tal como as pessoas "normais" e "maduras" (cujos nomes se perderam) fizeram com Nietszche e Van Gogh.

Os grandes pensam que crianças e bufões são personagens curiosos e divertidos dentro de seus mundos sólidos e firmes. Mal sabem eles que crianças e bufões são perigosos subversivos que anunciam novos mundos e novas perspectivas...

Somente os loucos, os poetas e os palhaços possuem esse poder de corporificar a tristeza sem se petrificar; entender que o que subjaz à nossa lenta e precária existência não é o que produzimos e sim o que vemos nas outras margens. É lá que mora nossa derradeira verdade e para lá se dirige o nosso olhar mendigo.

Não! Pelo amor de Deus, não quero ser maduro, sério. As pessoas sérias me lembram os carrascos que por não serem capazes de sorrir é que são capazes de matar. O riso e a brincadeira são defluências da fé, do amor, da delicadeza...Só quem ri de si mesmo pode perceber que apenas Deus é absoluto, o resto é relativo e do relativo se ri porque ele é ridículo.

Sim, estou sugerindo, como bufão e como criança, que meu estilo é o do riso, da alegria, da irreverência. E não pensem que enlouqueci. Estou apenas seguindo o conselho de Jesus (homem de autoridade inquestionável... creio), que se não me transformar em criança não encontrarei o reino dos céus. Está lá na Bíblia, para quem quiser ver. (Bom seria se as pessoas lessem a Bíblia como um livro de poesia) Poesia? Você está louco? Sim.

Estou. Já disse que meu estilo é o do riso e da irreverência. A bíblia é um livro de poesia. As pessoas seriam menos tolas se acreditassem nisso. Nela Jesus diz a Nicodemos: "É preciso nascer de novo". Nicodemos responde: "Como posso voltar ao ventre da minha mãe?" Jesus sorri e diz: Não Nicodemos... Não é ginecologia. É vento, delicadeza, paixão, sensibilidade. METÁFORA. Jesus entendeu essa verdade antropológica: só quem for capaz de ver o mundo com um olhar delicado, leve como um perfume, frágil como porcelana chinesa, pode descerrar o mistério que cobre todas as coisas. A sentença de Jesus não era tanto a favor das crianças, mas contra os adultos e seus mundos engomados e petrificados, incapazes de dar luz a uma estrela.

Sei que os psicólogos de plantão se adiantarão a dizer que isso não passa de sublimação consciente da minha síndrome de "Peter pan". Que assim seja sinistros Freudianos. A verdade é que a alegria que sinto na minha condição de bufão é infinitamente superior à esquálida e formal condição de "maduro". E se o céu for o lugar dos sérios e eruditos, então prefiro o inferno.

Hans Christian Anderson nos conta a história de um grande Rei que queria impressionar o seu povo. Disse que mandaria fazer uma vestimenta real inigualável. Dois espertalhões que passavam pelo reino ouviram a vontade do Rei e lhe disseram que tinham um tipo de tecido magnífico, nunca antes visto em todos os reinos. Só havia um detalhe: esse tecido só podia ser visto pelos sábios e eruditos. O rei imediatamente contratou os dois espertalhões a preço de ouro, afinal, iria impressionar o reino.

O rei proclamou o acontecido para os súditos e todos esperavam ansiosamente o famoso tecido que o cobriria. Como os dois espertalhões demoravam com o tecido, o rei mandou uma equipe inspecionar os trabalhos. Lá chegando encontraram os dois trabalhando em suas máquinas de fiar sem um único fio, mas como o rei dissera que aquele tecido só podia ser visto pelos sábios e eruditos eles foram logo exclamando: Que tecido maravilhoso!!! Voltaram e contaram ao rei sobre a beleza inigualável daquele tecido.

Enfim, os forasteiros entregaram o tecido "invisível" ao rei que não conseguia ver nada, mas não podia passar por tolo, pois aquele tecido só podia ser visto pelos sábios e entendidos. Exclamou: Que tecido maravilhoso!

No dia seguinte o rei avisou a hora do cortejo em que ia finalmente mostrar a sua famosa roupa aos seus súditos. Iniciado o cortejo, todos ficaram desconcertados, pois nada viam senão um velho nu desfilando pelas ruas do reino. Mas como lhes haviam dito que aquela roupa só era vista pelos sábios e eruditos todos gritavam e louvavam a beleza das vestes reais.

No meio do cortejo, onde o rei era reverenciado por todos pela beleza de suas vestes, uma criança que brincava em cima de uma árvore, alheia a farsa dos adultos, gritou: O REI ESTÁ NU!!! Imediatamente os olhos se abriram, todos perceberam a farsa que representavam para si mesmo. Caíram na gargalhada, perceberam suas deficiências, suas fragilidades, compreenderam a leveza da raça humana. O reino se desfez, o rei engoliu sua prepotência e povo tornou-se mais feliz. Às vezes basta pouca coisa para mudar um reino. Às vezes basta só isso: uma afirmação irreverente de um bufão: O REI ESTÁ NU.

É por essas e outras que os bufões são odiados. Eles possuem o terrível poder de inverter a lógica. Desnudam os donos da verdade e da moral e vestem os reconhecidamente impudicos. Mostram a imbecilidade de suas pretensões, a arrogância de seus espíritos. Jogam por terra, com suas pândegas e galhofas, as mitras, as togas, os ternos, as cátedras, os títulos e deixam transparecer um conhecido cheiro de humano.

São os palhaços, os poetas e os bufões os verdadeiros filósofos. Eles incomodam. O irreverente Nietszche também entendia assim: "minha função é tornar os homens inconfortáveis". Filosofar nada mais é do que questionar o óbvio, desconstruir o eternamente construído, ver o que todos vêem sob outro ângulo: o ângulo da leveza e da beleza, oposto ao da seriedade e da "verdade". Os sérios e eruditos perderam essa capacidade. Eles são muito inteligentes. No entanto inteligência é diferente de sabedoria. A inteligência é a nossa capacidade de conhecer e manipular o mundo. Ela tem a ver com o poder. A sabedoria é a graça de saborear o mundo. Ela tem a ver com a felicidade e a leveza das pequenas coisas. A inteligência nos dá meios para viver. A sabedoria nos dá razões para viver. Por isso os sábios continuam admirando a roupa magnífica do rei.

Eu, que desertei do mundo sério e formal dos eruditos, concordo com Fernando Pessoa (esse bufão fingidor do mundo da fantasia): "não basta não ter olhos pra não ver". Eu diria: "não basta ser inteligente para ver". É preciso sabedoria, paixão, sensibilidade, frescor, ternura...Assim como Bachelar é preciso gostar da pequena luz, pois um coração sensível sempre gosta de valores frágeis. Ele só suporta uma luz bruxuleante. Por isso, a despeito das críticas dos sérios e eruditos, eu quero continuar em cima da árvore da vida com os bolsos cheios de jabuticabas gritando: O REI ESTÁ NU.

A FEBRE OU: DELÍCIA DE ESTAR DOENTE

José Newton Tavares

Eu tive um professor que me fazia amar estudar. Confesso que antes de conhecê-lo estudar era um fardo, um castigo, um saco. Mas aí ele apareceu. Com o seu jeito tranquilo, sereno e poético me cativou para o conhecimento. Até há algum tempo atrás eu não sabia muito bem o que exatamente ele tinha feito comigo para que eu gostasse de estudar. Fui salvo pela dedicatória que eu coloquei na minha dissertação de mestrado. La eu escrevi: "Ao meu professor: porque vestiu o que estava nu dentro de mim." Essa frase foi escrita sem eu pensar. Saiu do nada. Não exatamente do nada, (nada sai do nada) mas ela brotou sem a consciência, como tudo que de grandioso pode brotar da profundidade humana.

Foi isso. Agora entendo. Ele deu forma àquilo que eu já tinha. Àquilo que morava, silenciosamente, dentro do meu ser e que pacientemente esperava. Ele apenas nomeou os demônios que se debatiam dentro de mim. Eu me sentia aquecido pelas suas palavras e elas me faziam nascer. Nascer sempre é um duro golpe. É preciso coragem. Não é para todos. Dói demais. É talvez a aventura humana mais dolorosa: deixar atrás velhos arranjos existenciais e partir, desnudo e aberto, por caminhos intransitáveis, quase horrendos, da nossa trajetória humana.

Ele me ensinou a pensar por mim mesmo. A não copiar ninguém. Lembro-me de uma aula sobre o filósofo Kant quando um dos alunos o questionou sobre o porquê ele não nos explicava definitivamente a filosofia de Kant ao invés de, poeticamente, nos confrontar, de forma estarrecedoramente bela, com a possibilidade ou não da metafísica? Ele respondeu: "Porque Kant já escreveu isso. Está la no livro dele. Se vocês querem pensar como Kant basta lê-lo". Ele era diferente. Eu estava diante de uma obra de arte. Eu me emocionava nas aulas de antropologia. As vezes uma lágrima caia, aqui e ali, escondida, e eu ficava com vergonha. Demorei para entender porque aquilo me abalava. Ele não era ele. Ele era eu querendo nascer.

Lembro-me da última vez que nos falamos. Foi na minha formatura. Ele sussurrou no meu ouvido: "Newton, quando você estiver zombando das diferenças, sinta meu espírito pairando ao seu lado". Aquilo valeu o curso. Foi o meu diploma. É como se ele tivesse dito: "Você compreendeu". Eu havia me tornado eu mesmo. Hoje ele não esta mais aqui. Mas como ele mesmo profetizou, eu o sinto presente toda vez que eu vejo as coisas pelo lado do avesso. Isso me lembra um velho ditado Quéchua: "Aqueles que compreenderem se salvação, os que não compreenderem não se salvarão".

Hoje essa insólita capacidade de ver tudo ao avesso se manifestou outra vez. É sempre assim. Quando menos espero ela desce sobre mim. Viro ceia eucarística. Incontrolável. Explico: estou com febre. Minha garganta me traiu mais uma vez. O corpo dói. A cabeça pesa. Estou mal. A noite não acaba e eu não consigo dormir. No entanto, no meio desse desconforto biológico, algo brotou de mim sem nenhum aviso, como sempre. Veio-me a mente a seguinte indagação: "não haveria uma espécie de delícia em se estar com febre?". Fiquei pasmo. De onde veio isso? Que loucura é essa que me assalta de madrugada? Que demônios estão a brincar comigo nesse momento de infortuno?

Minha maquineta de pensar ao contrário me segredou: há, sim, uma alegria em se estar com febre. A gente delira. É uma saída da normalidade. Quase uma louca expressão da nossa quente verdade abafada. É claro que as mamães e os médicos se apressam a controlá-la. Para eles, os guardiões da sociedade da normalidade, a doença/febre é um desequilíbrio que deve ser urgentemente restituído. No entanto a doença, quando não grave, como a febre por uma garganta inflamada, pode ser uma poderosa revolucionária. "Cuidado com o delírio" reza o ideário da nossa sociedade marcantemente ajustadora. Cuidado com o sonho. Por que o sonho/delírio da nomes ao que não existe. Inventa mundos novos. Aponta para algo no horizonte. Isso me lembra Ernest Bloch: "Dar nomes ao que não existe é decretar a precariedade daquilo que existe". Por isso o sonho/delírio está definitivamente proibido em nossa sociedade de pensamento único.

Minha febre me segredou uma possibilidade louca: seria ela uma metáfora da minha febre/delírio antropológica? Essa minha estranha mania ingênua de acreditar na bondade humana? Estranho isso: que a febre possa ser objeto de reflexão filosófica. Para os filósofos profissionais, esses que se preocupam muito com o "rigor científico" e "textos indexados", a febre é a loucura da razão; uma fuga da verdade; o oposto da lucidez. E com essa lucidez antisséptica eles acreditam melhorar o mundo. Eu, hoje, mais poeta, sou irmão de Nietzsche. Não quero mais mudar o mundo. Já fui curado da minha síndrome de Sansão. Quem sabe assim ele não se transforme por ele mesmo...? Essa febre/delírio que mora em mim e insiste em nunca me abandonar é quase um vão por onde explode as minhas mais loucas heresias. Para a minha febre não há remédios. Não há cura. É doença terminal...

Agora entendo a minha febre. Ela é o delírio louco do corpo para esquentar a chama da vida que mora em mim. Diante das evidências sociológicas de que nada mais pode ser feito; de que é isso ai mesmo; de que as forças do mercado são inexoráveis, ela nada mais é do que um abrir cercas para deixar passar meus anseios escondidos. Deliciosa conclusão: Minha febre é minha sanidade. Minha santa loucura que levanto a arder, como um facho, na noite escura. Por isso aqui vai um conselho, mas não levem muito a sério pois é um conselho de um doente: curta sua febre antropológica. Não se apresse em tomar um antitérmico. Não tenha medo do delírio, do sonho, do apenas vislumbrado...O que é afinal o antitérmico? É o medo de que seu corpo possa liberar seus sonhos mais profundos; o medo de que o delírio possa contaminar o mundo e esquentar a verdade da vida.

O medo. Eis ai nosso poderoso antitérmico. Medo de ser original; medo de amar; medo de se jogar em uma grande aventura; medo de gritar que tudo pode ser diferente; medo de inventar...Mas não há alternativa: "Ou inventamos, ou erramos". Somos eternos adequados no quadro estipulado. Pacientes resignados tomando, silenciosamente, os remédios impostos pelo sistema. Dóceis, eternamente dóceis. Não há lugar para a febre/delírio de um corpo inadequado. Estar inadequado é caminhar contra a corrente. É olhar de frente o absurdo e mesmo assim dizer um grande sim à vida. No entanto, segundo T. S. Elliot: "Numa sociedade de fugitivos, aquele que caminha contra a corrente é acusado de estar fugindo". É preciso muita coragem pra não se entregar a esse louco vendaval de normalidade.

A febre/doença/antropológica não é uma anomalia. Ela é uma poderosa subversiva. Uma inversão total dos cânones estabelecidos. Um jorrar para fora as nossas mais eloquentes verdades embotadas. Ela se manifesta na delicia de se negar a seguir o sulco deliberadamente estipulado. "Você não vai produzir? Alimentar o sistema? Não....não posso fazer nada hoje. Estou com febre. Só tenho tempo para o delírio. Estou profundamente ocupado em ser feliz." Mas há um problema: ser feliz dói. Não é a toa que os "antitérmicos" sejam os "remédios" mais vendidos na atualidade.

-x-

ALMA: MORADA DE SERES ENCANTADOS

José Newton Tavares

Se, de acordo com a tradição platônica, via cristianismo, a morte é a separação do corpo e da alma, então nossa civilização está definitivamente morta, ainda que corpos possam ser vistos a perambular pelo planeta. Viver é infinitamente mais do que existir. Historicidade não é mera temporalidade. Historicidade é a forma como nós vivemos de fato e sempre nossa temporalidade. É um existir com sentido, paixão, encanto... Qual um filme macabro nossa civilização caminha a esmo pelos escombros do grande cemitério urbano em que vivemos. Somos mortos vivos, corpos sem almas deslizando por entre fragmentos de sentido.

Segundo Carl Jung a alma é a capacidade que nós temos de imaginar, criar, inventar mundos novos, encantar-se com o apenas vislumbrado. Ter alma é uma conquista, não uma fatalidade; um processo histórico, não uma necessidade metafísica; uma procura, não um presente definitivo. Ela precisa ser trabalhada, esmerada, polida. Nada mais longe da verdade do que a ideia de que nascemos com uma alma...melhor seria dizer que nascemos com a possibilidade de alma. Somos seres do infinito e essa possibilidade esta alojada dentro de nós. Podemos voar, mas também podemos ficar colados ao chão, pesados como chumbo. Temos a capacidade de nos lançarmos mar adentro apenas com a fragilidade de uma promessa, mas podemos também ficar na praia, com os olhos cheios de brilho, mirando aqueles que tiveram a coragem de se jogar.

Somos seres ambíguos com possibilidades múltiplas. Podemos chorar diante de um pôr do sol e podemos também ferir a face irmã. As palavras de Jesus de Nazaré dizem tudo: "O reino está dentro de vós". Ele pode se materializar e vir à tona em determinadas vidas humanas, mas pode também se perder por entre as trevas dos caminhos tortos da vida humana: uma mágoa sem antídoto, um rancor inconfesso arranhando o coração, uma vida assaltada por eternamente anônimos, um grito de amor preso nas malhas do sofrimento...enfim, uma alma em escombros.

Aqui a antropologia Jesuânica me parece a mais indicada. A despeito do que fizeram depois seus seguidores, Jesus nunca considerou o ser humano um decaído, infame, desmerecedor da graça. Não era moralista. Não tinha uma balança debaixo do braço para pesar e medir os atos humanos. Sabia que somos mais responsáveis do que queremos e menos culpados do que pensamos. Sabia mais: que somos comandados por uma câmara escura, que somos um nó de contradições, que vivemos na permanente possibilidade de nos perdermos, que somos frágeis como porcelana chinesa.

Ele sabia que a maldade é um engano. Fruto da criaturidade. Ela nasce do medo que temos diante do abismo de nos tornar gente. Frequentemente fazemos o mal na desesperada tentativa de fazer o bem. Santo Agostinho dizia: "O mal é ausência de bem". Ele não existe ontologicamente, é uma privação...um vazio onde se depositam nossos medos humanos.

Perdemos a alma, ou não a criamos, pelo medo. A capacidade de ver o mundo com os olhos ternos nasce da postura que temos diante do mistério. Eva, no paraíso, cai em tentação justamente porque não queria cair em tentação. Ela cede à serpente porque já esta infectada pelo medo, pela criaturidade.

Deus disse: "Não coma do fruto da árvore do centro". Deus tinha que proibir porque o ser humano não consegue...somos frágeis, constantemente seduzidos pelo encanto da serpente...

Na verdade, toda vez que cometemos uma maldade nós somos enganados. Caímos na tentativa de não cair, desobedecemos na tentativa de não desobedecer. Toda a maldade é uma bondade que se prostituiu. Por isso as palavras de Jesus na cruz: "Pai, perdoai-lhes porque eles não sabem o que fazem". É isso: Jesus conhecia a profundidade humana e passou toda a sua vida tentando revelá-la. Em vão. Os homens continuam moralistas e intolerantes.

Mil e novecentos anos depois Freud descobriu o inconsciente. Uma verdade tão velha quanto a humanidade, mas presente somente naqueles que tiveram (têm) alma. Não somos quem queremos ser e, frequentemente, passamos pela vida sem nos conhecermos. Verdadeiras caixas de ressonância, ecos de vozes ocultas e ordens imperativas que moram no nosso ser mais profundo.

Alma: capacidade de ver o mundo com os olhos da delicadeza, da paixão, da sensibilidade...Morada de seres encantados que povoam nosso ser e que, quase sempre, jazem sob os entulhos de nossos medos, complexos e rancores. Alma: casa cheia de beleza, cores e encantos; cenário das nossas esperanças e desejos; rede de anseios que jogamos sobre o mundo na desesperada tentativa de recolher o universo. Alma: não é algo que temos, mas um modo de ver, uma antropologia, um charme universal.

BAÚ DE ESTRELAS

José Newton Tavares

Já está se tornando rotina. Aqueles que convivem comigo acabam sempre por comentar minhas esquisitices. Não é de hoje que venho sendo acusado de muitas coisas: de não ser muito sério em meu trabalho; de ser espião dos ateus (talvez pela vinha irresistível vocação à iconoclasta); de ingênuo; de arrogante; e, ultimamente, de não bater muito bem das ideias. Na verdade, meus últimos anos foram uma eterna tentativa de explicação das minhas heresias. Antes, ingênuo, refutava meus algozes e pensava fazer isso com argumentos racionais. Hoje, convertido à beleza e à poesia, chego até mesmo a concordar com eles.

Mas a última acusação foi forte: "Newton! Você está ficando louco?" Foi assim que a Patrícia colocou a questão. E ela não foi feita sem uma sólida "base epistemológica". A razão da acusação foi o estranho costume que tenho de rir sem nenhum motivo aparente. Afirmação incontestável: sim, o riso às vezes desce sobre mim. Na verdade, não sou eu quem ri. É o riso que ri em mim e por mim. Incontrolável, indomável, sem educação. Quando dou por mim meus olhos já se transformaram e tudo fica diferente, banhado por outra luz. Como que possuído por estranhos demônios meus olhos pousam nas coisas mais banais e elas me parecem engraçadas. Na verdade, o que vemos não é o que vemos e sim o que somos. Tudo depende da quantidade e da qualidade de luz que sobre as coisas projetamos. Concordo com Mario Quintana: "Os olhos é que são os pintores".

Já me advertiram da antipatia desse costume. Não me admira que a pecha de arrogante também esteve sempre colada às minhas definições. Sei das dificuldades. Elas são reais. Também eu fico inconfortável (às vezes o riso me assalta nos momentos mais impróprios). Mas não há solução. Sou mero fantoche dessas hostes infernais que tomam conta de mim e me fazem visitar o mundo do engraçado.

No entanto não há como negar. A acusação me assustou. Estaria eu ficando louco realmente? Estaria eu vendo coisas imaginárias? E na nossa pobre cultura positivista, que confunde o real com o empírico, ver coisas que os outros não vêm é falta grave, confissão pública do nosso romance com o mundo do insano. Viver da imaginação é coisa de louco. Viver do real é coisa de são. Assim reza o grande mandamento do ideal epistemológico ocidental. A razão é a medida de todas as coisas. É ela a definidora de nosso ser no mundo.

Esse ideário de normalidade, que nasce junto com a filosofia, ganha sua última e definitiva construção com Freud: quem vive do princípio do prazer é neurótico. Quem vive do princípio da realidade é são. Esqueça seus desejos e fantasias e coadune-se com a realidade. Viva do possível. Compactue. Seja normal. Você viverá tranquilo e feliz sem angústias e conflitos. Você se aposentará com uma gorda aposentadoria e, então, poderá curtir a vida, se você ainda a reconhecer...Quem imagina é louco, tão louco que não percebe que quanto mais imaginar, mais vai sofrer.

Assim é. Ou seguimos esse ideal de normalidade ou somos arrastados pelo vendaval dos donos da verdade para o mundo dos insanos, dos loucos. É preciso estar atento para não sermos surpreendidos pelos eternamente corretos. A grande maioria acompanha essa estranha procissão dos ortodoxos.

Mas graças a Deus há os hereges, os rebeldes, os que apostam no apenas vislumbrado, os que desconhecem as resolutas vozes dos donos da normalidade. Os que se emporcalham na poeira do não sabido. Os que ousam espirrarem ao sentirem o cheiro do incenso dos que sacralizam o mundo. O que seria do mundo se Moisés, Jesus, Gandhi, Martin Luther King, Fernando Pessoa, Cecília Meireles, Mario Quintana, Tagore e uma infinidade de outros "anormais" tivessem sucumbido ao princípio da realidade? O que seria de nós se eles tivessem sido normais? "Bendito é o fruto da tua anormalidade: paixão".

Confesso que isso ajuda. Mas não elimina a angústia. Donde vem esse louco vendaval que me faz sorrir ao simples toque do nada? Que terrível gênio me arrasta para o mundo do ainda-não quando estou sólido e normalmente plantado nas certezas do agora? Por que demônios meus olhos começam a saltitar de errância em errância vislumbrando luzes escondidas e soterrados arco-íris? Será que a Patrícia tem razão? "Newton! Você está ficando louco?"

Fui à procura de respostas. A primeira delas me veio da ciência. Afinal, sendo portadora de "verdades eternas" quem sabe pudesse decifrar meu enigma. Estava lá no dicionário: "RISO: Convulsão do organismo... (hormônio, sensação). Estado produzido pela endorfina, hormônio do prazer e da dor". Patética conclusão: rir é uma patologia. Bem a gosto do nosso ideal de normalidade. (percebam como os donos da "verdade" são sempre sérios. Como os carrascos que por não serem capazes de sorrir é que são capazes de matar). Segundo a ciência o rir é um desfazer-se de um acúmulo de energia. É como se rindo pudéssemos descarregar a agressividade. Fisiológico, apenas fisiológico.

Pobre ciência. Seu ideal de objetividade (irmão do ideal de normalidade) não pode surpreender o que esta além do empírico. Suas mãos são impotentes diante do apenas vislumbrado. Como um robô ela está programada para dizer o mundo que é, mas não sabe o que fazer com o ainda-não, com os ventos que vem das outras margens...

Rir não é só queima de energia. É a revolução do coração. É um abrir cercas para deixar fluir nossos anseios escondidos. Rir é acreditar que para além dessa nossa lenta e precária existência há algo engraçado...Não somos só esse pacote de desejos e necessidades. Há um jardim. Apesar de tudo há um jardim. Segundo Otto Bierbaun: "humor é quando, apesar de tudo, rimos".

Lembro daquela estória de um bufão que fazia uma viagem aérea. De repente o avião começou a ter problemas. Começou o desespero. No meio da agitação ele começou a contar piadas: "Se cairmos poderemos brincar com os peixinhos". Quase bateram nele. Tolos. Não entenderam nada. Ele apenas queria dizer: "Não se preocupem. O máximo que pode nos acontecer é cair nos braços de Deus". Só ri quem já se superou, quem sabe que o amor não morre com a maldade humana.

Vejam como realmente estou louco, pois ouso duvidar da ciência. Meu riso não é fisiológico. Meu corpo se transforma, concordo, mas como consequência. Meu "hardware" se emociona com meu "software". A endorfina que me faz sorrir não mora em mim. Ela desce sobre mim. Sou altar. Em mim se dá a transformação. Viro ceia eucarística. Humano, demasiado humano.

Já desistia de compreender essa "loucura" quando a salvação, por pura graça, me tocou. Lembrei de Jesus (esse anormal que enfrentou um Império apenas com uma promessa nas mãos): "Se você não voltar a ser criança não encontrará o reino dos céus". Ousei acreditar, afinal, estava já quase convencido de minha loucura. Sorrateiramente, sem alarde e com pés de pombas, para que os normais não me recriminassem, busquei essa ousada alternativa: aprender de uma criança. E lá estava a minha verdade. Pois o que é a verdade senão o desvelar de nossos mais secretos sonhos de amor? Foi isso que me segredou o *Pequeno Príncipe*:

"O que é importante a gente não vê...

Se tu amas uma flor que se acha numa estrela, é doce, de noite, olhar o céu...

Onde moro é muito pequeno para que eu possa te mostrar onde se encontra minha estrela.

É melhor assim. Minha estrela será então qualquer das estrelas.

Gostarás de olhar todas elas. Tu terás estrelas como ninguém. Numa delas estarei rindo, então será como se todas as estrelas te rissem.

Tu terás estrelas que sabem rir...E teus amigos ficarão espantados de ouvirem-te rir olhando o céu.

Tu explicarás então: "sim, as estrelas, elas sempre me fazem rir". E eles te julgarão maluco..."

É isso! Agora entendo. Não se preocupe Patrícia! Não estou ficando louco. Eu apenas tenho estrelas que me fazem rir.

—x—

"EIS QUE FICARÁ GRÁVIDA" OU: NÃO SOMOS TODOS FILHOS DO CÉU?

José Newton Tavares

"...o anjo entrou onde ela estava e disse: "alegre-te, cheia de graça! O Senhor está com você!" Ouvindo isso, Maria ficou preocupada, perguntava a si mesmo o que a saudação queria dizer. O anjo disse: "Não tenha medo, Maria, porque você encontrou graça diante de Deus. Eis que você vai ficar grávida, e terá um filho, e dará a ele o nome de Jesus. Ele será grande e será chamado filho do altíssimo". (Lc 1, 28-32)

Com esses poucos versículos, os poemas sagrados tocam em nossa mais profunda verdade. A narrativa da anunciação desvenda, pelo lado de dentro, o grande mistério humano de estar distendido entre a necessidade antropológica da plenitude e a sua, aparente, impossibilidade histórica. Somos seres alienados de nós mesmos. Estamos sempre em busca de um lugar onde sempre estivemos, mas onde pouco estamos. Sentimos nos cantos mais obscuros do nosso ser que, além dessa precária e arrastada existência, mora em nós uma ligação indelével com nossos mais profundos sonhos de amor. Por mais que as evidências da dor e da tragédia pareçam imperar, nos recusamos a aceitar o veredito da realidade. Trazemos a firme certeza de que, apesar de tudo, o amor não morre com a maldade humana.

Em seu romance Guerra e paz, Tolstoi narra-nos os últimos momentos do príncipe André. Depois de muitas e árduas batalhas, o já velho guerreiro é atingido por uma lança que o joga, mortalmente, ao chão. Antes do fim, deitado sobre a relva, ele olha, então, para o alto e estas são suas últimas palavras ao seu fiel escudeiro: "Como é lindo o céu, como são maravilhosas as estrelas, que encanto é o universo. Pena que descobri isso, agora, no fim". Essa é a nossa verdade. Nossa vida não é só batalha, conquista, poder. É beleza, poesia, delicadeza, amor, CÉU. É uma pena que, também nós, só percebemos isso ao cair da noite da vida. E o que fazer se nós só nos damos conta do que tínhamos quando já não temos mais? Estamos tão ocupados em buscar instrumentos para, um dia, sermos felizes, que não notamos a presença ululante da delicadeza da vida a nos rodear. De tão simples a beleza se perde no tempo.

A tradição cristã parece que nunca esqueceu esta verdade antropológica. Com muita delicadeza ela percebeu que nós não somos só filhos da terra: da transitoriedade, da fragilidade, da finitude e da deteriorização. Desde o início proclamou que, também nós, somos filhos do céu: da beleza, da eternidade, da infinitude, do ESPÍRITO. A narrativa da anunciação é a forma cristã de dizer que temos o chamado das estrelas...somos filhos do infinito.

Todos nós somos, a esteira de Jesus, também filhos do Espírito. Ele é latência humana. Tudo que afirmamos cristologicamente, deve sustentar-se, também, antropologicamente. Ou o que dizemos de Jesus tem a ver conosco ou não tem a ver com coisa alguma. Dizer que somos filhos do Espírito é dizer que somos totalmente novidade. Trazemos, sem dúvida, uma grande carga hereditária; participamos, com grande alegria, da milenar corrente histórica de gerações e gerações. No entanto, para além de nosso parentesco geracional, sabemos, por intuição do coração, que guardamos, em frágeis potes de barro, uma distinção singular.

Também nós somos filhos de uma virgem. O ventre que nos gerou foi único porque dele nasceu algo totalmente novo. Mesmo que uma mulher tenha vários filhos, cada gestação é uma novidade: quem ou o que será esta criança? Gostará de música? Brincará com os beija-flores? Chorará ao ler poesia? Ou será fechada como um baú pirata? Triste como um pôr-do-sol? Ninguém sabe, nem mesmo seus pais. Há um núcleo irredutível de silêncio guardado somente para o infinito. Por isso os pais de Jesus ficaram admirados com a profecia de Simeão (Lc 2, 33).

Cada gestação é uma novidade, um leque de possibilidades. Em cada uma há elementos novos: psicológicos, financeiros, existenciais... O sangue da mãe que alimentou o filho mais velho, não é, certamente, igual ao que alimentou o filho caçula. A ciência, com certeza, dirá que me engano, que não houve mudança nas hemácias, nos glóbulos brancos, no fator RH... É preciso, urgentemente, avisar a ciência que com a idade nós não ficamos apenas mais velhos, ficamos diferentes, capazes de ver com o coração.

Outro profundo engano da nossa cega civilização é acreditar que se faz amor com os genitais. O amor é fruto da palavra. Faz-se amor com a palavra e o ouvido. A fala é masculina, o ouvir é feminino. O verdadeiro amor é feito quando a fala (fálica) do amado penetra os ouvidos vaginais da amada, ou vice-versa, despertando seus sonhos mais profundos. Segundo Milan Kundera, amamos uma pessoa quando ligamos o seu rosto a uma metáfora poética. Amamos o corpo de alguém pela música que nos faz ouvir...o corpo é como um violão, uma flauta... : só é bonito porque de dentro sai música. O segredo do amor é ressuscitar na (o) amada (o) seus sonhos fundamentais, e isso é tarefa da palavra. O amor verdadeiro só acontece quando, além do prazer que o corpo sente, a alma ouve as palavras que moram dentro do olhar. Não! Não pensem que eu enlouqueci. Aprendi isso com minha Bíblia. Lá diz que foi assim que a nossa tradição entendeu a concepção do Deus menino: pelo sopro poético da palavra, penetrando os ouvidos virginais de uma menina de Nazaré. O divino só pode ser concebido quando a palavra faz amor com nossos sonhos mais profundos.

Somos todos filhos do céu. Somos todos filhos do Espírito. Somos todos filhos de uma virgem. Também nossas mães foram visitadas pelo grande anjo: delicado diálogo e gracioso encontro da alma com o corpo, do consciente com o inconsciente, da superficialidade com a profundidade, da terra com o CÉU. Pergunte a cada uma se aquele ou aquela que carrega no ventre não é fruto da graça? Também elas souberam (sabem), desde o instante da concepção, que carregavam (carregam) no seio algo divino, totalmente outro, filho do sagrado, FILHO DO ALTÍSSIMO.

O relato bíblico é verdadeiro. O sagrado, a beleza, o amor só pode ser filho do Espírito, do vento, do inusitado, de DEUS. Nossa experiência atesta que, no meio dos escombros da vida humana, emerge uma faísca de leveza, de sonhos e paixões, momentos de tão intenso ardor que nada nos remove a certeza de parentesco divino.

Não é possível que o brilho dos olhos de uma criança seja algo estritamente humano...

—X—

MAIS FORTE QUE A MORTE OU: "PORQUE PROCURAIS ENTRE OS MORTOS AQUELE QUE ESTÁ VIVO"?[1]

José Newton Tavares

Nada me entristece mais do que o dia de finados. Não! Não é o dia em si, mas o que as pessoas fazem com ele: o transformam em dia de dor e tristeza. Eu sei... a morte nos deixa um vazio, há uma tristeza no ar. Uma saudade indefinível não se sabe bem do quê... Do morto? Aparentemente sim, na verdade não...da vida. No fundo uma certeza muito nossa: de que a vida é vento, leve porcelana ao sabor do acaso. Somos finitos. O frio e escuro da terra nos espera, pacientemente, sem pressa, como nossa costumeira e acolhedora morada.

Que ele seja um dia de saudade, sim. Mas quem nos autorizou a confundir saudade com tragédia? Tristeza com dor? Há algo de belo na saudade e na tristeza. Não concordam? Então porque choramos em cada despedida? Porque buscamos, em cada rosto, o semblante da (o) amada (o), mesmo na certeza de que

---

[1] Esta meditação recolhe e reflete sentimentos e pensamentos ouvidos e pronunciados em inúmeros colóquios, uns longos, outros fugidios, com pessoas que me são próximas e outras que ficaram no anonimato de um encontro casual. Elas me ensinaram muito, mas sobretudo isto : sempre vale a pena, quando a alma não é pequena...viver, apesar da nossa mortalidade !

ela(e) não mais voltará? Porque sentimos uma nostalgia infinita ao ver o pôr-do-sol? Será por causa da beleza do crepúsculo? Não. É porque sabemos, nas frestas mais fundas da nossa alma, que a beleza é crepúsculo. Que tudo aquilo que amamos vai, um dia, descer na noite da vida. Tudo está destinado à destruição. Vivemos esta grande contradição: amamos demais, no entanto, não temos o poder de reter tudo que amamos. O poeta Pablo Neruda também sabia disso: "Nossa tristeza vem do fato de não podermos comer com a boca aquilo que comemos com os olhos".

Assim somos: filhos da saudade e da tristeza. E o que é a tristeza senão o sentimento que temos diante de uma beleza que se perdeu? Estar diante de um espaço onde antes estiveram nossos objetos de amor? É na tristeza que mora a beleza. Não pensem que enlouqueci, o poeta Vinícius de Morais também pensava assim: "Tenho vontade de chorar diante da beleza". Quem foge da tristeza, foge da beleza.

Por isso eu, irreverentemente, tomo a liberdade de, nesse dia, pensar só na beleza. Na beleza? Mas não é a morte a última e dolorida tragédia humana? Penso que não. Assim como Bonhoeffer acredito ser a morte "a festa suprema a caminho da liberdade". Como me dói ver a dor das pessoas, desesperadas, olhos indefesos, petrificados na direção do túmulo, como a vislumbrar um último aceno daquele ou daquela que fora, em vida, a vida da sua vida. Por isso depositamos flores nos túmulos: para dizer da saudade, do vazio e de como sua ausência nos presentifica e, então, emerge a nossa verdade.[2] É sempre o que todos

---

2 Como cortam fundo o coração os cacos de sonhos partidos e esperanças despedaçadas! Enigmaticamente: grande parte de nossa vida, senão até mesmo a maior parte dela, despendemo-la curando

fazemos, quando perdemos alguém que tanto amamos (levado pela vida ou pela morte): como mortos insepultos, vagamos daqui para ali, sem repouso e sem pousada...nos olhos as indefesas lágrimas de uma doída saudade, no coração uma pergunta apenas: onde estará ele(a), a minha vida?[3]

Penso na beleza porque a morte nunca fala dela mesma. Seu canto preferido é a vida. Vocês já perceberam que a morte só fala da vida? Quando vislumbramos um corpo desfalecido nós não choramos pelo que está ali, choramos pelo que não está mais ali...pelo ausente...os sonhos que ele não mais terá, as canções que não mais sairão de sua boca, o carinho que suas mãos não mais farão, a loucura sempre desejada e agora inútil, o amor que ficará sozinho na cama...[4]e sentimos, no nosso mais profundo, a

---

as feridas abertas pelas decepções, em nós e nos outros, e remediando os cortes que os nossos tombos rasgam na superfície de nossa alma, o corpo, e nas profundidades de nosso corpo, a alma.

3 E não é assim que nos sentimos — semimortos — quando contemplamos num sepulcro aquele ou aquela que era um pedaço de nós mesmos? Mas talvez, um dia, seja-nos dado perceber que aqueles que tanto amamos não estão na sepultura, pois não é esta a morada dos eternamente viventes. A partir daí, todos os sepulcros estarão vazios... de sentido e o nosso olhar se voltará em outra direção. E quando visitarmos a tumba daqueles que se foram, depositando lá algumas flores, expressão de nossa nostalgia e gratidão, então, talvez, apenas para dizer: um dia, já não haverá mais saudade, pois nos veremos e nos teremos num eterno encontro.

4 Sim, diante da morte daqueles que amamos, reduzimo-nos ao silêncio ou à secreta ponderação de que ela não deveria ter vindo,

delicadeza e fragilidade que é a vida humana. É... a morte não fala dela mesma, por isso temos tanto medo. Ela nos lembra que tudo pode acabar, que corremos o risco de deixar essa vida sem viver, e "os sonhos por haver, esses, sim, são o cadáver" (Fernando Pessoa)

A morte é bela companheira, engana-se quem pensa que nos visita apenas no fim da vida. Ela caminha conosco, nos consola, alimenta, direciona nosso olhar para a leveza. Querem saber o que ela diz? Se tivermos a delicadeza de escutá-la, essas serão suas palavras: "Carpe diem (colha o dia), tempus fugit (o tempo corre). Veja como tudo é belo, saboroso como um morango maduro, delicado como porcelana chinesa...mas tudo está destinado à destruição, condenado, inapelavelmente, a ser pó e cinza. Tudo é profano, cairá na noite do tempo. Só uma coisa é sagrada: o olhar humano. Quando tudo se tornar turvo e barrento, pesado como chumbo e dolorido como uma lágrima de adeus, consulte-me, estarei do seu lado, e verás que ainda resta uma esperança, ainda não lhe toquei. Ainda há sonhos a ser sonhados, mãos a ser

ainda não...na verdade, jamais! Esta é, talvez, a mais lutuosa experiência: quando, diante de nossos olhos, se despede a vida da nossa vida, ou quando depositamos no escuro da terra aquele que gostaríamos de carregar nos braços rumo ao céu. Um diálogo interrompido, quando se trocavam as primeiras carícias. Neste instante, é como se morrêssemos também nós, os que ficamos, e como gostaríamos de cobrir aquele corpo desfalecido com o manto de nossa alma e, num beijo, devolver-lhe a vida. Em nós nada mais resta senão o vácuo de uma contundente nostalgia e a certeza de um amargo sabor :quanto mais intenso o amor, mais sofrida há de ser a dor de um adeus.

tocadas, rostos a ser acariciados, árvores a ser plantadas, lágrimas a ser choradas, risadas a serem dadas, emoções a ser sentidas...Aquela mágoa não é tão importante assim, aquela dor terá o antídoto que merece... Creia, nada é tragédia enquanto não fores tocado(a) por mim. Estou aqui para lembrar-lhe que tudo é uma questão de ver, ver com o coração".

É assim que penso a morte: como companheira fiel, amiga, consoladora. É ela que direciona nossos olhos para a beleza. É claro que não nos lembramos dela toda a hora, isso nos impediria de viver, e não é essa sua tarefa. Na permanente consciência da morte, perderíamos a alegria de viver, porém, seu total esquecimento nos levaria à superficialidade. Ela nos chega em raros momentos de distração, quando, esquecidos dela, miramos outras paisagens, aquelas que nos entristecem: um pôr-do-sol que se foi, aquela velha casa demolida, uma fotografia amarelada pelo tempo, um adeus da pessoa amada, um sonho impotente pela brutalidade da história, olhos que se fecham para sempre, corpos cativos ensaiando uma canção...É aqui, no fundo e escuro da alma, na gamela profunda do nosso ser, que ela se manifesta como a festa suprema da nossa liberdade. Saudade infinita que nada pode saciar. Toda a lágrima que derramamos diante da morte é uma forma de protesto. Última rebelião contra a tragédia. É a expressão máxima da nossa verdade: "isso não é nossa grandeza". Ela nos lembra que não somos deste mundo, que já fomos tocado por outra realidade, pelo que está além dela: o amor.[5]

---

[5] Só o esquecimento é a mortalha do amor. A saudade, ao contrário, não é a morte, mas uma aflita declaração de que o amor ainda não desfaleceu e que o(a) amado(a) vive e para sempre viverá, ainda que ausente. A saudade não é tanto um vazio, mas

Por isso, a despeito de olhares inquiridores, não irei visitar o túmulo de minha mãe nesse dia de finados, nem levarei flores para sua sepultura. Não é lá sua verdadeira morada. Já decidi sobre os seus presentes: vou ver de novo "O carteiro e o poeta" e "A festa de Babette". Vou dar uma volta na minha rua, descalço, só por vadiagem. Vou reler poemas de Cecília Meireles e Fernando Pessoa. Vou me lambuzar de lama e voltar a ser criança. Vou sentar na praça e sentir a solidão dos desertores da vida a olhar o infinito. Vou contemplar mais entardeceres. Vou sair da bruma e da neblina em direção à uma grande aventura...e sei que ouvirei seus risos de felicidade e agradecimento em noites de estrelas azuis. Presentes são declarações de amor. Eles dizem o que pensamos da pessoa presenteada. É... não vou ao cemitério. Viagem inútil. Ouviria, como Maria Madalena na manhã da ressurreição, as espantadas palavras dos anjos[6] : "porque procurais entre os mortos aquela que está viva"? Todo o túmulo aponta na direção da vida.[7]

---

de nosso coração: o lugar exclusivo e eternamente reservado para aquele(a) que nos encantou a alma.

6 Lá onde o homem, ultrapassando os limites deste mundo, encontra algo de infinita beleza, ou lá onde Deus, erguendo o véu de sua oculta morada, deixa-se ver em sua secreta bondade, lá visitam-nos anjos, estes seres alados em feições humanas, símbolos exatamente do delicado diálogo e gracioso encontro entre os homens e Deus, a terra e os céus, o corpo e a alma.

7 Eis o lugar da vida: entre os irmãos, no mundo e jamais nos idílios estéreis de uma felicidade rasteira e solipsista, mas na generosa transbordância do que se experimentou como graça e beleza, a fim de que, o mais possível, todos disso participem.

No entanto, parece-me insuficiente dizer que viva ela estaria apenas na subjetividade daqueles que a ama(va)m. Que, depois desta vida, os homens só viveriam na memória dos que deles se recordassem, é, com certeza, para a grande maioria, uma afirmação desoladora...pois, e os desprezados, os esquecidos, os milhares de anônimos e todos aqueles pelos quais ninguém, nunca, derramou uma única lágrima de afetuosa saudade? Não, os mortos não vivem apenas porque deles nos lembramos ou porque os queremos eternamente vivos. Mas isto é verdade: só quem for capaz de ver nos homens e em todas as coisas do mundo um velado mistério de indestrutível beleza, há de crer que a morte não mata o que realmente somos, em nossa última verdade. E isso será consolador e nos fará amar nossa pobre vida mortal, não como uma paixão inútil, mas em sóbria e apaixonada ternura, como uma lúdica graça. Os olhares atentos haverão, afinal, de ter percebido: os relatos bíblicos da nossa tradição religiosa sobre a ressurreição não são, a rigor, sobre a ressurreição — pois esta se dá no misteriosamente velado ao nosso olhar — mas sobre os conturbados caminhos que nós, os mortais, temos que percorrer até darmo-nos conta de que existe, sim, algo mais forte que a morte...

-x-

O SUSTO OU: NÃO DEVÍAMOS ACORDAR TODOS PARA A VIDA?

José Newton Tavares

Sou uma eterna criança. E não tenho vergonha nenhuma de dizer isso. O que para a maioria talvez seja uma grave acusação, uma infame calúnia, ou uma irritante constatação, a mim é, na verdade, uma festa e uma orgia. Uma volta ao meu verdadeiro lar. Lá onde eu moro comigo mesmo e minha quente verdade. A se acreditar no filho de Deus, somente quem se tornar uma criança pode entrar no reino dos céus. Por isso há muito tempo que desisti do mundo sério e engomado dos adultos. Ele não acordou a minha alma. Não fez cócegas na minha fantasia. Não zombou dos eternamente corretos. Ao contrário: ele tornou tudo cinza e barrento. Vozes resolutas anunciadoras de cantos estranhos a toda delicadeza...

Digo isso como um prelúdio: resisto em me tornar adulto. Talvez essa afirmação estranhe àqueles que, filhos da normalidade e devedores do ideal de cientificidade do mundo ocidental, acreditam no estado de maturidade como o ápice da vida. Quem se tornou maduro é boi de canga, escravo, desertor de novos caminhos, aceitou o selo da desistência gravado em sua pele, trocou as águias pelas tartarugas. A maturidade é um estado de quem chegou. Eu não quero chegar a lugar algum. Quero andar procurando...Há tantas coisas belas e simples espalhas pelo caminho. Invisíveis para quem não tem o olhar brincante. Jamais saboreadas por aqueles que "chegaram". Quem chega desiste de novos rumos. Quem chega esvazia as malas. Quem chega guarda sua capa de chuva no armário. Quem chega, na verdade, chegou ao fim. Envelheceu. Seus olhos veem o que todos veem. Normal, demasiadamente normal.

Eu tenho dó dos maduros. Eles se sentam nas praças olhando o infinito com os olhos marejados de água. Sentam-se no meio fio das calçadas enquanto a banda passa "cantando coisas de amor" que eles nunca viveram. Tristes e dolorosos olhos em direção ao nada. Ansiando uma luz, uma mão, um sorriso...Eles não perseguem mais estrelas. Pois não há mais onde seguir. Chegaram. Maduros. Que vida triste, medida, domada, enclausurada, impotente, medíocre. Não haveria assim uma espécie de forma de acordar essa gente? Penso que sim: um susto. Só há duas maneiras de alguém acordar antropologicamente para a vida. Primeira: uma decisão pessoal jogada na direção do não sabido. Uma corajosa vontade interior de enfrentar os abismos da existência. Alternativa muito pouco usada. Segunda: uma grande dor, um grandioso susto que os arranque desse aí aterrorizante de suas vidas estilhaçadas e os faça caminhar em direção a uma grande aventura.

Por isso que eu tenho um costume infantil. Adoro assustar meus alunos nos intervalos das aulas. Tal uma criança peralta, eu me escondo atrás das pilastras da Universidade e os assunto quando eles passam. Muitos pensam: esse professor não cresceu? Não. Definitivamente não. Esse professor não cresceu. Nem quer...Quando eles menos esperam eu grito nos seus ouvidos. A algazarra é geral. O riso emerge feliz por alguém tê-lo despertado. Ele é encouraçado, reservado, é preciso trazê-lo para fora. Ele não aparece fácil. Uns ficam brabos, outros entendem o recado: é preciso sair da mesmice que o cotidiano nos coloca. É preciso acordar para a delicadeza da vida, pois ela é uma grande brincadeira séria. O riso não é algo inocente. Ele é poderoso revolucionário. Rir não é só dispêndio de energia, como acusa nossos dicionários. Ele é um abrir cercas para deixar passar nossos anseios escondidos. É a última rebelião contra a tragédia. É como se rindo disséssemos: isso que aí está não é nossa grandeza. Há algo mais profundo. Belo, trágico, engraçado...O riso nos mostra a direção do sentido. Só ri quem já se superou. Segundo Ernest Bloch: "O que esta aí não pode ser verdade". É isso que o riso faz. Nos arrasta para além da verdade. Nos empurra para dentro da beleza.

Por isso não deixarei de assustar meus alunos. A despeito de alguns ficarem brabos, não me importo. A beleza que brota de seus risos nos faz seres melhores, eu e eles, em dia com a quente verdade da vida. Um vez uma aluna me disse: professor, você parece tão feliz! Eu respondi: Meu riso é uma desesperada tentativa de domesticar a tristeza. Não sei se ela entendeu, espero que sim. Se não, torço para que esse texto a ressuscite, como o riso faz em mim a toda hora. Por isso escrevo. Minha alma é hebraica. Os hebreus acreditavam na força da palavra. Até colocaram lá no seu livro sagrado: "O verbo se fez carne...". É isso. A palavra tem o poder de nos ressuscitar assim como um susto. Que um dia meus alunos possam, ao cair da noite de suas vidas, dizer como Mario Quintana, esse irmão que eu tenho da mesma mãe existência: "Sou apenas uma criança que envelheceu, um dia, de repente".

−x−

PROFESSOR: PASTOR DA ALEGRIA

José Newton Tavares

Nada me horroriza mais do que os olhos dos estudantes: órbitas fundas, sem brilho, sem sabor, prova viva e eloquente de que seus corpos mutilados vagam longe dos seus desejos, dos seus sonhos. Que contraste com o tempo do brinquedo, antes da escola. Seus corpos fluíam livres e soltos na direção do vento. Tudo era magia. Indiferentes à dicotomia cartesiana "res cogitans /res extensa", voavam nas asas dos beija-flores, cantavam com os bem-te-vis, nadavam com os peixinhos. Seus sonhos estavam colados ao corpo: assim sonhavam, assim eram. Os espaços de dentro objetivavam-se e confundiam-se com os espaços de fora. Alquimia: tudo era ouro sob o encanto dos seus olhares. Sacramento: tudo falava de um mundo encantado, habitante mágico das profundezas da alma. Seus olhos ainda não tinham aprendido a lição dos adultos.

Me pergunto onde foi que aconteceu a metamorfose. Em que ponto do caminho o mundo encantado da criança foi dando passagem ao mundo produtivo e triste dos adultos? Em que momento olhos límpidos e inquietantes foram se transformando em frágeis fachos de luzes desinteressados? Sou salvo pela inesperada afirmativa de Jorge Luís Borges: "Fui feliz até o momento de entrar na escola". É isso. A escola: grande moedor onde se entra criança feliz e se sai adulto produtor, lugar onde a alegria dá lugar à seriedade (pois conhecimento é coisa séria). Os percalços inusitados das buscas são substituídos pelos caminhos lineares das certezas e os encantos e risadas dos erros sucumbem ao peso sisudo da "verdade", senhora velha e virgem, asséptica, única digna de confiança.

Agora sei por que os olhos dos estudantes me causam dor e tristeza. É que seus sonhos foram sufocados por conhecimentos frios que não podem integrar com a vida. Sugiro que, para fazer jus ao seu intento, as escolas e universidades coloquem em cada portão de entrada, o mesmo moto que Dante pendurou na entrada do seu "inferno": "Vós que entrais, deixai fora toda a alegria". Pois é isso, no fundo, o que fazem as escolas e universidades: matam toda a beleza. Em nome do adulto sério e produtivo eliminam todo o mundo das fantasias, pois esse, para o pensar analítico-instrumental, é entrave sério para o conhecimento das verdades "claras e puras" do mundo do saber.

Entre os professores a grita é sempre a mesma: "os alunos não querem nada; só querem ficar brincando, conversando, colando...". Não falta a célebre frase; "No meu tempo era diferente.". Que pena. Não conseguem perceber o óbvio. Isso é resistência. Os alunos percebem a contradição entre seus mundos e a desimportância do que lhes é ensinado. As soluções propostas também não fogem à regra: mais rigidez, mais controle, mais punição, bem ao gosto de um racionalismo moderno moribundo incapaz de captar a essência dos problemas. Propõem-se odres velhos em panos novos. É claro que vai rasgar.

Faz tempo que deixei de buscar as razões da crise da educação na falta de investimento no setor. Claro que esse é um problema sério e é preciso ser resolvido. É óbvio que a educação precisa de mais recursos. Só me recuso a acreditar que apenas técnicas de ensino, prédios escolares ou polos de informática e regras morais e legais mais duras farão os alunos mais felizes, em dia com a verdade da vida. Minha crítica à educação não passa pelo viés econômico. Ela se refere à sua intencionalidade, ou seja, em quê a escola quer transformar seus alunos, e mais profundamente, para quê?

Os professores são as instâncias intermediárias entre os alunos e o saber, mas não qualquer saber. A palavra saber deriva do latim sapere e, fundamentalmente, significa: sentir o gosto. É preciso que os alunos sintam o gosto daquilo que estudam. O conhecimento deve penetrar nas fibras mais íntimas de seus corpos como um bálsamo e uma alegria. Segundo o biólogo Humberto Maturana o conhecimento é uma função da vida para perpetuar-se. Ele não tem a ver com o intelecto. Tem a ver com o corpo inteiro na sua luta pela sobrevivência. Ninguém aprende o que não ama. E aqui uma verdade que a maioria dos professores não sabe: conhecimento é uma função do corpo na sua luta contra um mundo hostil e sem sentido e não uma caixa preta cheia de verdades à disposição do intelecto em tempo de provas de finais de ano. Conhecer é lutar pela sobrevivência, é adaptar-se ao mundo. Conhece-se para viver, para ser feliz.

Isso deveria ser um professor: um pastor da alegria. As disciplinas que ensinam: matemática, história, geografia, filosofia... teriam de estar cheias de paixão, pois não são mais que isso: pequenas porções de fantasias, esquecidas pelo tempo, que nos recordam a infinita beleza, razão pela qual os olhos dos professores deveriam brilhar. É muito difícil para os alunos amarem uma disciplina traduzida por olhos que não buscam mais estrelas, fulminantes como uma arma de guerra.

É preciso paixão, tomar os alunos nos braços como se fossem brilhantes. Há neles um mundo encantado de fantasias, sonhos e imaginações que precisa ser acordado. É isso que eles indagam com seus olhos amedrontados: "Por favor, me ensine a ser feliz?". É isso que eles, desesperadamente, vão fazer nas escolas e universidades. Mas ninguém percebe. Os professores deveriam aprender com as galinhas. Elas apenas aquecem seus ovos e novos seres nascem por si mesmo, somente com o calor do seu corpo. Penso que essa deveria ser a função básica do professor: despertar a alegria de aprender apenas com o calor (humano) de seu corpo.

Mas e o vestibular? E o Enem? Que nada mais se tornou do que outro ranking na desesperada corrida dos "melhores" em direção ao prêmio final. Tem também o ENADE, importantíssimo para a avaliação de cursos universitários completamente inúteis para a vida prática de seus alunos. Acaso eles cobrarão alguma questão sobre a alegria de viver; sobre a capacidade de enfrentar a vida com maturidade e beleza? Terão os alunos que dar razões do seu viver? Será perguntado a eles sobre sua felicidade? É verdade. Tenho que admitir, essas perguntas interditam os meus sonhos de criança.

-X-

REFLEXÕES SOBRE O AMOR

José Newton Tavares

Uma análise sobre as relações de amor, especificamente o amor homem/mulher, deve partir, antes, de uma compreensão do tipo de racionalidade que vigora em nossas sociedades modernas. As relações humanas não são frutos de uma interioridade passiva, pura porcelana incontaminada pelo chão da história. Apesar das concepções idílicas que tentam nos fazer crer as telenovelas e os romances melodramáticos, o amor está enraizado na forma cultural das nossas cosmovisões. Nossos sentimentos fazem parte da historicidade do nosso viver e, como tal, pertencem à concepção global sobre a qual sustentamos nossas vidas e nossos sonhos.

Hegemonia da razão instrumental

A partir do advento da racionalidade moderna, cada vez mais presenciamos uma departamentalização do mundo vivido. O que, antes, pertencia a uma totalidade de sentido se fragmenta e os pedaços irão tornar-se realidades distintas e diferentes. Áreas opostas, distantes, sem conecções. Com isto, arte, moral e ciência passaram a tornar-se ciências autônomas. A razão acabou se bifurcando em formas. Uma, a técnico-científica, acabou prevalecendo sobre as outras e, tal predomínio, afetou profundamente a estrutura social, pois a racionalidade funcional técnico-econômica e burocrático-administrativa se estabeleceu como hegemônica. Esta prevalência despertou uma busca de refúgio na autonomia individual, a ponto de tornar-se doentia e narcisista.

Uma das consequências dessa hegemonia da racionalidade instrumental foi o refúgio a um subjetivismo que passou a negar, simultaneamente, tanto a objetividade como o valor do que é público, social, religioso, político ou representativo. Isso fragmentou ainda mais os indivíduos, pois não só relativisou as ideias e valores, mas também o passado e o futuro. Passou a ter valor apenas o presente e, ali, tudo pode ser admitido e tudo pode ser tolerado. Neste indiferentismo, sobra apenas como razão de valor o que provoca sensações agradáveis. Quando apenas a sensação e o campo dos sentimentos são valorizados, muito pouco pode encantar e entusiasmar. Surge, então, a perda da capacidade de produzir sentimentos, e isso significa degradação existencial. Não havendo uma transmissão de imagens, de valores, de modelos e de sentimentos solidários ou de ação comunitária, sobram apenas pequenos fragmentos de vida.

Dentro desse contexto o amor passa a ser considerado como mera satisfação psicológica. Não é de admirar que as relações sejam tão fluídas, passageiras, e sem compromissos. O amor se despediu da esfera da construção da profundidade humana para vigorar apenas na esfera da satisfação superficial e imediata das necessidades psicológicas de um ser humano vazio de sentido.

Onde foram os horizontes?

Até bem pouco tempo atrás se achava que era possível mudar o mundo. Os anos 60/70 foram um turbilhão de lutas e batalhas por um mundo melhor. Com o fogo de Prometeu nas mãos, multidões iluminavam o novo tempo em que os poderosos cairiam de seus tronos e o novo sujeito histórico, o povo, guiaria a história para seu destino de amor e felicidade. No entanto, os deuses riram-se delas: no lugar dos alquimistas, vieram os arrivistas, mercadores... Nosso mundo foi ficando cada vez menor. Antes Deus estava do nosso lado (Idade Média). Tudo era possível. As transformações do mundo moderno limitaram nosso horizonte. Deus foi posto de lado em nome da ciência positiva: o paraíso não estaria mais no outro mundo e, sim, no futuro deste mundo, numa sociedade administrada pela ciência. Acontece que também a ciência nos traiu. De defensora da conquista da liberdade e do bem-estar ela transformou-se em cárcere privado, grilhões de ferro algemando as tentativas do coração. Poder esmagador em nome da liberdade.

Hoje o poder não está nas mãos de pessoas, mas de estruturas. Contra quem lutar? A quem recorrer? Não sabemos. O sentimento de impotência toma conta das nossas vidas. Nosso mundo se restringiu até o limite do nosso corpo e ele passa a ser a última instância definidora do nosso ser no mundo. Sem possibilidade de reação externa contra o patrão, superior, sociedade, poderosos...volto-me para meu corpo, única "coisa" ainda minha e que, dentro de alguma liberdade, posso manipulá-lo. Espaço último onde posso sentir algum prazer, ou contestar contra um mundo que não acolhe meus sonhos de amor. Daí a proliferação dos chamados esportes radicais, tatuagens, piercings, gangues...enfim, toda a explosão de sensualismo que caracteriza nossa época.

Dentro dessa cultura da satisfação do corpo, que não é a primeira na história da humanidade, mas que parece ser, indubitavelmente, a de maior alcance global, o amor se caracteriza por uma desesperada tentativa de integração de uma experiência de totalidade perdida no passado, quase uma busca da experiência religiosa de completude. A falta de profundidade humana desequilibra o ser e a experiência sensualista passa a ser o último baluarte de resistência contra um mundo fragmentado e caótico. Impotentes diante da história e sua transformação em uma "ordo amoris", as pessoas refugiam-se numa relação apenas sensual e periférica na vã tentativa de que, ao menos no foro íntimo, seu mundo se recomponha. O fato de que essa relação não dure muito tempo parece não incomodar muito. Há sempre a possibilidade de se encontrar um novo "amor". E a ciranda continua até a explosão completa da personalidade e um amargo sabor de que não vale a pena viver.

Amor como evocação do mundo interno

Dentro desse paradigma o amor não passa de pílula antidepressiva. Transforma-se, como tudo em nossa civilização mercantil, em um bem de consumo: algo que eu tenho, manipulo, ganho ou perco. No entanto, o amor é entidade leve, não é algo que nós temos, mas algo que desce sobre nós como graça e beleza...é presente. Pássaro livre ao sabor do vento e distante das nossas tentativas de possuí-lo. Claro que para quem está amando isso é impensável. Queremos a posse.

Toda a relação de amor é uma relação de espelho. O outro é tão cristalino que reflete a minha beleza. No fundo não amamos as pessoas, amamos a nossa própria beleza refletida nelas. Na dimensão amorosa, somos arrebatados não pelo ser que está diante de nós, mas pela ideia que ele soube suscitar, de modo tal que também na distância temos diante de nós os traços daquele vulto, o som daquelas palavras, aqueles gestos, aquele modo de colocar-se, sinais do nosso mundo interior ativado e levado à luz pelo grande encontro. Uma idéia que somos portadores desde sempre, uma falta, mas que somente aquela pessoa conseguiu evocar. É como se disséssemos: *Nos teus olhos vejo o meu vazio. Neles busco minha totalidade perdida.*

A pergunta da Rainha na história da Branca de Neve é a pergunta humana: "Espelho, espelho meu. Existe alguém mais bela do que eu?" Por isso vivemos, trabalhamos, sonhamos...para ver nossa beleza refletida no universo. E tal como na história, toda vez que o espelho nos nega a resposta, ou nos dá resposta positiva, nos tornamos bruxas/os. O mito de narciso também é falante: por não poder tocar na beleza que via refletida no lago, morreu de um amor impossível. Eis o nosso segredo: somos uma ilha: uma beleza cercada de carne por todos os lados, mas também somos incapazes de vê-la por inteiro. É preciso o olhar do outro para que eu me sinta acolhido/a pelo universo. O que amamos verdadeiramente é o que esta além das ralas sensações táteis. Verdade que Nietzsche já havia descoberto: "Não percebes que o que amam em ti é o brilho de eternidade em teus olhos?".

O amor nasce da profundidade humana, da capacidade de ver o invisível. Só depois de pousar os olhos sobre as coisas ausentes é que a boca fala das superficialidades. Carinho não é coisa física. Como são tolos os que pensam que o amor se nutre de cama. Antes de tocar o corpo da/o amada/o é preciso tocar e acariciar a luz da sua estrela mais distante. A pele não é o limite do corpo. O corpo é muito maior: porque vejo as estrelas meu corpo vai até elas. Somos enormes, contemos multidões.

Somos seduzidos por um modo de ser do outro, por aquele seu modo particular de andar ou de mexer com as mãos, por aquele seu olhar, por sua voz. Certas características da pessoa amada, até sua aparente falta de estética, parecem ter um fascínio especial e irresistível, tem de fato o dom de coincidir com o nosso desejo, que se evidencia mediante um pequeno fenômeno ativado pelo outro.

É preciso entender que a beleza é uma experiência espiritual, psicológica, que não diz respeito apenas ao objeto como tal, mas também ao meu modo de percebê-lo e de entrar em relação com ele. Uma forma se torna bela porque é significativa para um sujeito, e o é enquanto, coincidindo com seu desejo inconsciente, consegue representá-lo a até evocá-lo.

Amor como construção de uma pessoa

O problema do amor é que o seu maior inimigo mora dentro dele: a liberdade. Só ama de verdade quem sabe que ele é como um pássaro pousado no dedo. Poderá bater asas a qualquer momento, pois ele é livre: fagulhas de infinito que caem sobre o objeto amado. O amor não é o objeto amado (corpo) e, sim, o mistério que cai sobre ele, livre, sem cabresto, sem nome. Faz seu trabalho de luz e depois parte, delicadamente, para outras paragens. Amor não se tem, amor se recebe como graça. Ele não é meu, ele desceu sobre mim na pessoa do outro indicando-me a direção do infinito. Quem tem perdeu, quem perdeu tem...estranha lógica...Quem sabe um dia obteremos a resposta do inventor da vida.

É muito triste, poderão dizer. Concordo, também. não queria que fosse assim. Mas parece que é. O amor não é entidade forte que vem para ficar. É leve como um perfume, um pássaro. Claro que há sempre o último recurso de prendê-lo numa gaiola. Aí você o terá para sempre. Poderá fitá-lo todos os dias e perceber seu triste olhar na direção do horizonte. Dará o alpiste diário na ilusão de que sua tristeza se deve às necessidades básicas fisiológicas. A isso chamam casamento:

colocar o pássaro na gaiola. Sei que há aqueles que não aceitam minhas idéias e até dizem (como prova do meu equívoco) que deixam a porta da gaiola aberta: casal moderno, arautos da liberdade. O que eles não dizem é que cortaram as asas do seu amor: mataram seus sonhos. E sonhos mortos não têm força para voar.

O amor só sobrevive na liberdade, por isso temos tanto medo dela e logo criamos cercas, gaiolas...na vã esperança de que o/a amado/a perto possa, quem sabe, esquecer suas asas e seu instinto de horizontes. A tática dá resultados visíveis: casamentos eternos e infelizes. O amor não parece ser a melhor cola para um casamento durável. Não podemos menosprezar e subestimar a eficácia do ódio, a suprema felicidade de fazer o outro infeliz. Deveríamos aprender a lição dos criadores de pombos-correio: eles dão carinho, ternura, atenção, leveza e lançam os pombos ao vento. Claro que haverá muitos perigos: aves de rapina, fios de alta tensão, tempestades, caçadores. É o risco da liberdade. Mas, se tudo der certo, eles sempre voltarão para o lugar onde foram aquecidos. Nós sempre retornamos para o lugar que acolheu nossos mais profundos sonhos de amor.

Amar é construir uma pessoa, ajudá-la a ser o que tem condições de ser, mesmo que seja para voar de volta para "casa". Amar é devolver a pessoa a ela mesma e não fixá-la em nós. É contribuir para que ela possa caminhar com as próprias pernas. Diante da tragédia que é a vida humana, perceber restos de beleza, sonhos, delicadeza, sensibilidade, frescor, paixão... trazê-la de volta à vida e ao mesmo tempo deixar-se também ressuscitar pela frágil voz que chama nossos sonhos para fora.

Se o amor é uma relação de espelho onde a beleza de um é refletida no outro e se nossa época profundamente mercantilizada é um amontoado de nada onde a única propriedade espiritual é o vazio de sentido, então, a conclusão lógica desse silogismo é que o amor se tornou um bem de consumo psicológico destinado a acalmar a angústia vivencial em uma sociedade totalmente incapaz de produzir verdadeiros sentimentos humanos. Sem profundidade humana o amor não passa de fuga e desencontro, tragédia e agressão onde a única possibilidade real é a violência de sua carência. Segundo T.S. Elliot vivemos numa "geração oca", e em tal situação a única possibilidade de reflexo é de um nada existencial, um vácuo de ser destinado a ligar nada a coisa alguma.

Eis aí a razão das frágeis e tortuosas relações amorosas de nossa época: por se recusarem a abrir espaços para o infinito, o mais, o espírito, a fraternidade, a partilha, o brilho, a música, a ternura, os sorrisos...os homens buscam, desordenadamente, uma experiência correlata que os arranque do aí aterrorizador de suas carências. Não estão mais interessados em plenificação e, sim, em produção, controle e poder. Acreditam apenas no que é físico e sexual. Diante do caos existencial a que nos levou a civilização do consumo, nosso instinto de plenitude migrou para o único lugar onde tem, ainda, permissão para viver: o contraditório e frágil terreno do amor romântico.

—X—

SOBRE BOUQUÊ DE CEBOLAS

José Newton Tavares

Diversas vezes eu escrevi sobre o amor. Coisa linda escrever sobre o amor. Assunto fácil, cheio de leveza. Mas também polêmico, sempre pronto a várias interpretações, peixe escorregadio...Em todas essas vezes eu pude usar todo o rigor da interpretação racional. Brinquei com as palavras. Eu podia. Falava de um pássaro que voava em outros horizontes.

Hoje é diferente. Ele pousou sobre mim. Abriu suas asas dilacerantes e acolheu minha totalidade de sentido: "Estou aqui, sinta, vou revirar seu mundo de cabeça para baixo." Eu estremeci. Sempre estremeço quando ele chega. Também amei. Sempre amo quando ele pousa.

Mas o pássaro é danado, gênio forte, indomável. Inútil qualquer resistência. Sei disso, já o conheço. Somos como aqueles velhos amigos que se encontram de vez em quando para uma cerveja. Brindamos a vida, falamos do cais adormecido e, outra vez, voltamos para nosso mundo sério e opaco do gabinete, do escritório, da vida diária.

O cenário era um bar: ela estava na minha frente. Altar. Lugar da hierofania. Com ela assim tão perto já não havia mais necessidade de rezar o *Pai-Nosso*, pois o reino já tinha chegado. Eu falava da beleza, da poesia, do apenas vislumbrado. Citei Fernando Pessoa, Cecília Meirelles, Mario Quintana...Todas essas distrações dos deuses. Movido pelo mesmo pássaro que um dia pousou sobre eles, eu a enchi de poesia. Falei sobre o mistério.

Como é possível que um beija-flor possa parar no ar? Milagre. Como na história do Eduardo Galeano (que agora não lembro onde li), onde um avô leva seu netinho pela primeira vez para ver o mar, eu também fiquei impotente diante da imensidão: "Vovô! Me ajuda a olhar?" Não suportei ver tanta beleza sozinho.

Mas a beleza sempre está acompanhada da tristeza. Os chineses sabem disso: há sempre o yin e o yang, positivo e negativo. Ela escutou estarrecida, sem entender nada. Mais do que isso: sua resposta foi: "Zé! Você precisa voltar ao mundo real, viver mais". Que pena! Não entendeu nada. Não leu Mario Quintana. Não leu Nietszche. Não se apaixonou por Fernando Pessoa. Confundiu o real com o empírico, historicidade com temporalidade. Vive somente do real. Se tivesse amado Novalis ele a ensinaria o óbvio: "A poesia é absolutamente real. Esta é minha filosofia: Quanto mais poético, mais real". Mas ela não amou. Eu falei pássaro, ela entendeu pedra.

Essa história me lembrou uma outra acontecida há mais de um século (não é curioso que nada há de novo sobre a terra?) Ele, homem das alturas, pássaro louco amante das torrentes e dos abismos. Ansioso arqueólogo da alma. Ela, mulher segura, experiente, sabia o que queria, racional. Ele propôs a beleza, a leveza e a ternura, mas ela não pode aceitar. Beleza, ternura e leveza só sobrevivem na intempérie, no turbilhão, na arena trágica e bela do mundo da fantasia. A fantasia é a forma mais profunda de realidade. Mas é preciso muita coragem para embarcar nesse assustador e enorme talvez.

A história que contei é a história de Nietszche e Lou Salomé. Ele disse: "Vem comigo! Por onde ando os caminhos são solitários sim, mas há tanta beleza que você corre o risco de explodir como um vulcão em atividade. Vem comigo! Nada aqui é seguro, eu sei, mas terá um ganho: você brincará com beija-flores e sorrirá a cada manhã. Dê-me as suas mãos. Vamos colher morangos e brincar com os girassóis. Você sentirá a brisa fria no rosto. Ficará calada como se estivesse ausente— nós vivemos é das ausências — e mergulhará no sentido de todas as coisas". Ela respondeu: "Bobo. Volte ao mundo real. Desça a sua montanha e aprenda a viver." Foi embora e preferiu Freud.

Certamente você já ouviu falar de Niesztche. E de Salomé? Você já tinha ouvido falar nela? Claro que não. Ela só ficou para a história por causa de Nietszche, esse ingênuo que via o mundo do alto da sua montanha. Que estranho isso não é? Que ele tenha sobrevivido ao tempo...eterno. No entanto, ela....

Nietszche morreu louco e não poderia ser de outra maneira. Como manter a sanidade em um mundo que prefere somente a opacidade do real? Como se manter são em meio a essa multidão de seres racionais em procissão louvando e canonizando a experiência, como se ela por si só nos ensinasse o caminho do arco íris? Como manter a normalidade diante da aceitação subserviente do que apenas aparece, o mundo que é? Ele não vivia o mundo que é. Ele vivia o mundo que não é: "Eu agora amo somente a terra dos meus filhos, no mar mais distante". Por isso explodiu. Sua música interna era bonita demais. Seu corpo não suportou. Quis compartilhar essa melodia com a humanidade, mas ela preferiu o arrastado grunhido unifônico que abafa todo tipo de sentimento humano. Tentou desesperadamente indicar os caminhos do coração. Não foi possível. Riram dele como sempre fazem os eternamente corretos.

Li em algum lugar sobre uma história de um namorado que deu um bouquê de cebolas para sua namorada. Ela ficou indignada e jogou-lhe o bouquê na cara. Tola. Não entendeu nada. Nunca viu "O carteiro e o Poeta". Não se deliciou com "A festa de Babete". Não levou a sério a advertência da Adélia Prado: "Aquele que entende só o que é falado ou escrito, não entende coisa alguma. A letra mata". Ele disse: "Você é diferente de todas as outras. A elas eu dei bouquê de flores, mas você não é como as outras. Você é de outra substância". Que pena que ela não leu Pablo Neruda (Quem não leu, leia "ode à cebola", quem sabe poderá perceber a leveza que pode morar num bouquê de cebolas).

Acho que foi isso que aconteceu com Nietszche. Ele deu um bouquê de cebolas para Lou Salomé. Ela preferiu bouquê de flores...Normal demais, comum demais. Idiota. Tinha mesmo que se apaixonar por Freud.

—X—

VIVA A INCONSCIÊNCIA

José Newton Tavares

A nossa sociedade ocidental preza muito a consciência. Desde os albores da modernidade que a razão ganhou o status de definidora de sentido. O antropocentrismo racional configurou-se como o centro das coordenadas humanas e a consciência sua deusa maior. Para ela a história coletiva e individual se processa como um desenrolar da consciência. Quanto mais consciência, mais conhecimento e quanto mais conhecimento, mais vida plena. O necessitarismo filosófico decorrente dessa postura apostou na conscientização como única forma de salvação.

Eu, que briguei com a filosofia, pelo menos na sua vertente racionalista, caminho por outras vias. Há tempos que troquei de parceiros. Nada de intelectuais e eruditos. Hoje meus amigos são os poetas, os palhaços, os loucos. Todos aqueles que têm a coragem de caminhar por onde não são vias ainda. Os filósofos têm muito pouco humor e poesia. Para eles o saber é anti-séptico, sem fruição, sem paixão. Nietszche fugiu à regra e foi execrado às periferias do saber. Citá-lo nesse texto pode trazer problemas, pois segundo os donos da "verdade", ele foi o responsável pela derrubada da razão. Ele foi "tolo" demais, "poeta" demais...

Depois desses pressupostos epistemológicos, irreverentemente, devo dizer que o nosso grande problema é, justamente, a consciência. A conscientização está presente em quase todos os discursos da modernidade. Tudo se resolve se nos conscientizarmos. Os partidos, as Igrejas, as Escolas...apelam para a conscientização como forma de salvação. Não sabem eles que a consciência não tem esse poder. Querer conscientizar as pessoas é, no mínimo, ingenuidade. Há algo anterior que condiciona a consciência, e não creio que seja só a infra-estrutura econômica como pensava Marx.

No fundo nós somos comandados por uma câmara escura. Oitenta por cento das nossas ações não são monitoradas pelo consciente. Nos subterrâneos do nosso ser moram seres escondidos protegidos pela escuridão: impulsos vulcânicos, energias descomunais, medos silenciados, mundos esquecidos...que direcionam nosso olhar e nosso coração. No entanto, ao contrário de Freud, não sou pessimista. Para ele estamos condenados ao princípio da realidade, impotentes diante do absoluto, pássaros sem asas, viajantes sem destino. Ao contrário, esse "jardim esquecido" nas funduras do nosso ser não guarda somente dor e tragédia, complexos e rancores. Creio que trazemos um paraíso. Claro que ele está marcado pela ambiguidade, mas, ainda assim, um paraíso: lugar de delícias e encantos.

Desertei da psicanálise por causa de sua obsessão pelo feio. No meio desse jardim que nos habita ela busca sempre a folha morta, a rosa murcha, o caule ressecado, o triste e o cinzento. Esquece que há, também, a rosa azul, o pote de ouro, o sonho esquecido...O inconsciente é um lugar de beleza. É ali que moram nossos anseios esquecidos, sonhos embotados, canções abafadas, belezas reprimidas...

O ser humano só caminha na direção daquilo que o aquece. Ele não busca somente o real. Ele quer o irreal, o impossível, o ainda-não. Essa é nossa essência: lançar-se no abismo do não sabido e envolver-se com o manto do imponderável. Temos o chamado das estrelas e a direção do sol; nos emocionamos com o luar e apostamos nossa vida no apenas vislumbrado. Somos seres do risco, da aposta. Pertencemos ao abismo e não a planície. Somos filhos do espírito, do vento.

Mas é preciso uma ressalva: descarto o racionalismo, mas não o procedimento racional. Não prego o racional nem o irracional, mas o a-racional. Uma forma nova de consciência, que aposte no risco, no novo, no imponderável. Que perceba que ela, a razão, não é a fonte. Que tenha a coragem de não ser total; que abra espaço para o que está além da razão sem deixar de ser razão.

O logocentrismo ocidental nos levou para o centro da tragédia. Não é mais possível viver sem desejos, paixões e poesia. Ele relegou a segundo plano tudo o que não pode ser provado empiricamente. Confundiu o empírico com o real. Desertou do mundo da fantasia em nome da objetividade do conceito e essa objetividade, levada ao extremo, matou a vida.

Também o irracionalismo, produto do esgotamento da razão instrumental, não ajuda no processo de humanização nesse começo de milênio. Os fundamentalismos, religiosos ou não, proliferam como um bálsamo para as feridas de um corpo sem destino. Milagres, portentos, etnocentrismo e uma linguagem agressiva que mata sonhos e liberdades são suas armas. Apostar em anjos, gnomos, pirâmides, búzios e cristais são soluções antigas para problemas novos, inoperantes para a reconstrução do sentido, embora acalmem a angústia diante do absurdo.

Tudo isso tem o nome bonito e filosófico de pós-modernidade. Dizem que é o declínio da razão. No entanto, ela parece vigorar somente entre os iniciados, e mesmo aí é contraditória. Não há um equilíbrio sadio entre essas duas forças.

Razão e emoção vivem um momento de incertezas. Desconfiada da primeira foge-se, desequilibradamente, para a segunda, numa total inversão de valores experimentando os extremos.

A civilização da consciência agoniza, recusa-se a morrer. Por outro lado, o império dos sentidos parece dominar a cena. A razão, tão cara à modernidade, se mantém, silente, nos escombros das nossas decisões, talvez porque sabe, no mais profundo, que, sem um procedimento racional mínimo, tudo se perde num mar sem fim de irracionalismo.

Sejamos corajosos. Tenhamos a lucidez de, num momento de caos, recriar o novo, abrir espaços para o inusitado. É por não termos caminhos que devemos abrir picadas. Claro que podemos errar, mas esse é o risco da liberdade, de ser gente. E nessa travessia o conhecimento racional tem seu lugar, mas não mais como imperativo, soberano. Talvez nossa época esteja nos alertando dos perigos da razão impositora, das verdades absolutas, das morais etnocêntricas. Penso que chegou a hora do inconsciente, aqui entendido não como um depósito de lixo, mas como um jardim de delícias onde nossos sonhos esquecidos podem, enfim, submergir para a festa da liberdade.

Viver do inconsciente não significa esquecer a razão, mas, pelo contrário, deixar a razão ser ela mesma e, por isso, mais verdadeira, embora mais humilde. Então teremos apenas uma aliada no processo de humanização e não a única senda. Viver do inconsciente é baixar nossa guarda sólida e impávida e liberar nossos anseios escondidos. Dentro de nós há um baú de encantos. Quantas vidas se perdem por não poderem ver a beleza que se debruça sobre nosso olhar. Quantos sorrisos de tristeza soam no mundo dos imperativos éticos. Quantas almas vagam, sem rumo, nessa estúpida migração...

Segundo Edgar Morin a função do conhecimento não é descobrir o segredo das coisas, mas dialogar com o mistério do mundo. É desse mistério que temos sede, é desse mistério que viemos e para ele vamos. É ele, somente ele, que nos mostra a direção do infinito.

Sigamos então o inconsciente, não como o cais seguro nessas águas turbulentas da civilização do consumo, mas como os pássaros que, no inverno, migram em busca do sol apenas para viver. Deixemos nossos imperativos éticos, nossas afirmações categóricas que apenas abafam nossas dúvidas internas e partamos nessa ruela íngreme e empoeirada. Tenhamos a coragem de percorrê-la sem as seguranças, sem as roupas pesadas que nos colocaram, como Moisés: apenas com um cajado na mão e a fragilidade de uma promessa. Talvez a vida seja isso: Uma promessa, apenas uma frágil promessa, uma fé.

-x-

A BELEZA COMO VALOR ÉTICO FUNDAMENTAL

José Newton Tavares

Em um de seus textos *Prudente Nery* afirmava: Este tem sido o subtom dos discursos sobre a contemporaneidade: indiferença, ateísmo prático e existencial, secularismo, mundanização, relativismo ético, flutuância doutrinária, culto do subjetivismo, aversão às regras estipuladas, bandalheiras, falta de sentido...

Houve, nos últimos quatrocentos anos de nossa história, em todas as áreas do saber e em todos os arranjos culturais, indubitavelmente, revoluções surpreendentes. Alargou-se consideravelmente a nossa consciência. Temos hoje, à nossa disposição, um impressionante arsenal de conhecimentos sobre Deus e o homem, sobre o mundo e a vida, sobre as estruturas sociais, os mecanismos de poder, a arqueologia da alma humana, o sagrado e o profano, as culturas e a ética. Com muita sensibilidade temos percebido que o mundo já não é mais o mesmo. Mas seriam, de fato, o tempo e o homem de hoje piores que o homem e o tempo de ontem? Essa questão merece nossa análise. Esbravejar, de modo pretensamente profético, lamúrias e indignados anátemas contra a contemporaneidade, sem tentar surpreender a anima e compreender o animus de nosso tempo pode até ter algum efeito para aliviar a consciência, mas será ineficaz também no presente, como já o foi no passado. Acastelar-se, mais uma vez, nas fortalezas do "sempre o mesmo" e, de lá, vociferar furiosas críticas contra tudo aquilo que, de diferente e novo, se desenha no horizonte do mundo revelou-se, no passado remoto e recente, como de pouca utilidade.

Mas seriam, realmente, os homens contemporâneos mestres da impiedade, indiferentes para com Deus, ateístas, moralmente dissolutos, mundanos, individualistas, anômalos, adversos e avessos às autoridades? Haveria mesmo uma contradição essencial entre a contemporaneidade e as outras eras da humanidade? Ou não haveria, antes, entre ambos, surpreendentes afinidades, convergências e incidências mútuas, se olhássemos nossa época um pouco mais benevolamente? É o que sumariamente, tentaremos propor aqui à reflexão.

A ética da beleza e a perda do sentido

O que hoje percebemos como um caos existencial e o fim das esperanças humanas não é senão o fim de uma civilização: a civilização moderna ocidental eurocêntrica, iniciada, segundo Enrique Dussel, em 1492, com sua tônica no império da subjetividade. É o fim da razão moderna e seu projeto de abarcar o mundo com as malhas do conhecimento racional. Nunca, porém, o fim da capacidade de olhar o mundo com os olhos do coração, como querem os arautos catastrofistas. No decorrer da aventura humana jamais foi desterrada, para sempre, da alma humana, sua possibilidade de vôo, de emocionar-se com o que está além do visível, de encantar-se com o apenas vislumbrado. Como brasas sobre cinzas ela se deposita em nossas saudades e recordações e nos fazem suportar o presente. Apesar da feiura dolorosa que acompanha a história da humanidade, ela comporta também tesouros memoráveis, feitos e fatos cheios de beleza guardados, é verdade, em frágeis potes de argila, mas que nos dão orgulho de pertencer a raça humana. Tentar surpreender, portanto, a alma de nossa época com suas múltiplas determinações é buscar não só as raízes sócio-políticas das nossas dores atuais, mas, para além disso, uma antropologia que dê conta das nossas tramas internas, nossa eterna caminhada em busca do sentido.

Antes do advento da pretensiosa subjetividade moderna européia com sua aposta na onipotência da razão e da ciência os homens já perambulavam, há milênios, pelo planeta. A despeito de sua tentativa de unificar o mundo com sua cosmovisão ela não conseguiu apagar as marcas profundas de beleza, sensibilidade, encanto, que trazemos sob o coração. Por entre as ruínas da civilização do consumo e da razão escondem-se, aqui e ali, pessoas e fatos de rara beleza, vozes resolutas, cantos de ternura, sonhos de uma humanidade mais justa e mais fraterna. Apesar da brutalidade da história resistem, vigorosos, apenas com o coração. Pois aquilo que nos é oposto mesmo que imposto será, seguramente, com o tempo, deposto, porque nada reside, permanentemente, em nossos corpos, se não tiver o aval dos nossos sonhos.

Pouco antes do nascer da civilização da razão instrumental assim se expressou o povo Navajo em um de seus poemas:

"Casa feita de alvorada,
Casa feita de luz do entardecer
Casa feita de nuvem escura...
A nuvem escura está na porta
E de nuvem é o caminho que aparece
Sob o relâmpago que se ergue...
Feliz possa eu caminhar

Essa era a ética que sustentava os povos antigos: a beleza. Viam o mundo como um organismo vivo parte de si mesmo. Tudo estava integrado. Estavam em casa. Os seres vivos eram vistos com irmãos, todos eles. A distinção singular do homem não o autorizava a controlar coisas e animais como objetos. O respeito à natureza era sagrado: os rios eram suas veias, as matas eram casas cheias de coragem, as fontes lembravam o borbulhar do coração e a terra era louvada como grande mãe que tudo gerava.

Os povos primitivos, antes de saírem para as caçadas, reuniam-se para rezar e chorar pela vida do animal que iriam abater. Acreditavam que a vida era sagrada, mas consolavam-se com a ideia de que a vida que interrompiam renascia neles como força e beleza. Jamais matavam para além da necessidade de alimentar-se e nunca deixaram de sofrer com a queda de uma árvore. Essa mesma beleza impeliu Ernest Hemingway a congelar, para sempre, no seu "O velho e o mar", um dos diálogos mais belos da literatura: do homem com a natureza (ele mesmo). Depois de pescar o peixe de sua vida, o velho Santiago, sozinho na solidão do mar, percebe o sentido de todas as coisas. Chora e pede perdão ao peixe...

No sudoeste asiático tem-se notícia de um povo que, para não deixar morrer de fome os castores que estocavam alimentos para o verão, enquanto hibernavam no inverno, deixavam toucinho no lugar dos alimentos estocados quando a fome assolava o grupo. Jamais roubavam. Trocavam alimentos porque todos tinham direito à vida, até mesmo os castores. São esses os povos chamados negativamente de "primitivos".

Vejam as palavras de TATANGA MANI, da tribo Stoney, respondendo à acusação de pagão pelos cristãos que, embaderando uma bíblia e embebecidos pela lógica de conquista e poder da sociedade ocidental pensavam em civilizar àqueles que, no fundo, os podiam ensinar a viver.

"Somos um povo sem lei, mas nos damos bem com o Grande Espírito, criador e legislador de tudo. Vocês dizem que somos selvagens. Vocês não entendem nossas preces, nem procuram entender. Quando cantamos para o sol, a lua ou o vento, dizem que adoramos ídolos. Sem compreender, condenam-nos como almas perdidas só porque nossa forma de adoração é diferente da de vocês. Vemos o Grande Espírito em quase tudo: sol, lua, árvores, vento e montanhas. As vezes nos aproximamos Dele através dessas coisas. Há algum mal? Vivendo junto à natureza e do seu criador, nós jamais vivemos na escuridão. Montanhas são sempre mais belas que edifícios de pedras, vocês sabem. Viver na cidade é uma existência artificial. Quantas pessoas jamais sentiram o solo real sob seus pés, ou viram uma planta crescer, a não ser nos vasos, ou jamais se afastaram o suficiente da iluminação urbana para surpreender o encanto de uma noite estrelada. Quando as pessoas vivem longe das paisagens criadas pelo Grande Espírito, logo acabam por esquecer, também, o Grande Espírito e suas leis"

Aqui reside o centro da nossa tragédia. A profecia do chefe Stoney se cumpriu: perdemos o contato com o nosso mais profundo. Afastamos-nos do nosso centro e perdemos o sentido. O racionalismo instrumental obnubilou nosso olhar e nosso coração. A mística cósmica dos antigos, sensata e integrada, foi avassaladoramente triturada em nome do poder onipotente da razão. A beleza improdutiva foi substituída pela feiúra da produção em massa. A razão e a ciência que em si são neutras, cedo foram manipuladas por mãos avessas à beleza, mas cheias de poder. Ali iniciou a bancarrota do acidente e mais tarde do mundo inteiro via globalização da civilização do consumo.

A embriagues da razão ou: os sintomas da feiúra

O homem ocidental, nascido da modernidade, se encontra sem lar significativo. Ao apostar na razão como o bálsamo da humanidade ele soterrou seu elo profundo consigo mesmo. Por isso a grande crise da época atual é ter que viver à intempérie, sem um teto protetor e sem solo que alimente. A crise de valores morais é um derivado inevitável dessa situação: perdemos o elo significativo com a realidade, nos despedimos do encontro conosco mesmo, esquecemos a beleza como horizonte buscado. Se as grande áreas significativas da realidade (mundo, homem, Deus) sofrem um obscurecimento, é normal que apareçam no horizonte humano a crise moral.

Duas questões são importantes nesse império da feiúra: A embriagues da autonomia da razão ética e a relegação da ética ao mundo dos mitos.

São muitas as repercussões da embriagues de autonomia da razão ética:

1) Gera uma moral sem limites, isto é, sem a contrapartida dos fatores que a superam: a "graça" e o "pecado", a "beleza" e a "ternura".

2) Origina inevitavelmente uma moral prometéica, insensível à gratuidade do dom e da promessa.

3) Propicia uma moral hipotética, isto é, sem referências absolutas.

A moral moderna, feia, desertora da beleza que engravidava os homens primitivos, não encontrou ainda o lugar adequado para viver sadia e criadoramente sua condição autônoma. A crise moral atual é a febre – delirante e esgotadora – da razão autônoma.

Outro fato importante dessa crise é a relegação da ética ao mundo dos mitos. Segundo o sociólogo Max Weber, produziu-se no mundo moderno uma profunda e ampla "desmitificação". Também na ética houve uma repercussão deste fenômeno típico da modernidade. Destaco dois aspectos:

Por um lado, a desmitificação se transforma em racionalização da existência humana. Aparecem os fenômenos da tecnificação e da burocratização. Em outras palavras, surge o império da razão instrumental.

Nessa situação a ética é relegada ao reino dos fins. Diante da hegemonia dos meios, é normal que a pergunta sobre os fins fique relegada a um lugar de menor importância.

Por outro lado, a desmitificação do mundo coincide com a supervalorização da ciência positiva. As ciências "não científicas", entre as quais a ética, são relegadas ao mundo dos mitos. Se o que importa é a razão científica, a ética, que não é ciência, não tem nada a dizer, pois não diz a "verdade".

Esta é a descrição da crise. Em linguagem filosófica é a perda do lar ético decorrente da inflação da razão instrumental e sua embriagues autônoma. Prefiro a linguagem poética, mais densa, menos fria, mas igualmente estarrecedora que saiu da pena de Antoine de Saint Exupéry[8] quando ele escreveu a um General um lamento tão lutuoso quanto verdadeiro:

"Estou profundamente triste, profundamente triste por minha geração, esvaziada de toda substância humana, que só conhece bares, festas, matemática e carros de corrida como forma de espírito e vida, atrelada a um ativismo heróico, mas sem cor. E ninguém nada percebe. De toda minha alma: eu odeio esta época. Nela o homem morre de sede. Ah! Senhor General, só há um problema, um único problema no mundo. É como devolver aos homens um sentido, uma inquietude de espírito, fazer orvalhar sobre eles algo como um canto gregoriano. Veja, não é possível viver de refrigerantes, de política, de balancetes e palavras cruzadas. Não é possível viver sem poesia, sem cores, sem amores. Bilhões de homens só escutam as máquinas, só compreendem as máquinas e tornar-se-ão, um dia, também eles, máquinas. Os laços de amor que atam os homens de hoje às coisas e aos seres

---

[8] O corpo de Exupéry nunca foi encontrado. Dizem que seu avião caiu ou foi abatido durante a guerra. Não creio. Prefiro a certeza de que, cheio de ternura pela raça, ele não conseguiu sobreviver a um tempo que mata um sorriso humano...seu corpo era cheio demais de beleza...explodiu e voltou para casa pois não sabia bem onde pousar na terra.

tornaram-se tão frouxos, que os homens já não percebem mais as ausências. Até a morada dos homens é apenas um amontoado de objetos...e a esposa e a religião e o partido. Não se pode nem mesmo ser infiel. De quem ser distante e a quem ser infiel, se não há proximidade e tudo é um deserto de homens?"

Essa passagem não poderia ser mais exata ao examinar as consequências da perda da beleza. Precisamente, esta é minha questão: como devolver aos homens um sentido, um novo olhar, uma mística, para que vejam mais do que apenas objetos e façam mais do que apenas contas? Como levá-los a uma outra perspectiva, para que vejam o mundo sob o olhar da eternidade? Assim como os antigos, estremecer por valores corriqueiros: chorar pela vida que morre; enternecer-se pelo raiar da manhã; encantar-se com um pôr-do-sol; rezar pela alma em escombros; espantar-se pelo milagre da vida. Um olhar apenas e nós contribuiríamos substancialmente para uma transformação do mundo.

A beleza como tipologia universal

É aqui, no reino da profundidade humana, que nossa época não se distingue das demais. Ela não é pior que outras; é até, quem sabe, melhor que a maior parte das anteriores. O que acontece é que ela tem suas próprias crises, como as que aconteceram nas etapas precedentes. Tomar conhecimento e saber medir a crise moral de nossa época outra coisa não é que viver com lucidez, sem ceder à tentação de irresponsabilidade nem à do desânimo catastrófico.

A grande diferença é que a crise atual corroeu a capacidade de sonhar, de emocionar-se. Ou pior do que isso:

delimitou os espaços possíveis para o sonho e para o devaneio. Sonho limitado não é sonho.

Há uma tipologia universal, algo que, para além de todas as diferenças e gerações, nos une com laços de eternidade. Não somos só esse pacote de desejos e necessidades; temos alma, sonho, beleza...Segundo Walt whitman:

"Não no esquecimento total e não na nudez completa, mas nas nuvens da glória nós viemos. Apesar de nada trazer as horas de esplendor nós não vamos lamentar. Vamos achar força no que ficou para trás. Na solidariedade o que foi deve continuar a ser...nos pensamentos que vêm do sofrimento humano...na fé que observa a morte... Graças ao coração com o qual vivemos, graças à sua ternura, alegria, receio, para mim a mais feia flor que se abre trás pensamentos profundos demais para lágrimas..

Essa é nossa tipologia universal: chorar diante da mais feia flor que se abre. Hoje, como ontem, os poetas nos lembram que há algo mais que não conhecemos, mas que sentimos com as emoções da razão. Hoje, como ontem, estamos diante da beleza infinita que desce sobre nós como graça e ternura. Como diz o escritor sagrado: Deus continua a passear em nossos jardins todas as tardes, basta um pouco de delicadeza para perceber seus passos silenciosos. "Por favor, deixem o outro mundo em paz! O mistério está aqui" (Mário Quintana.)

Apesar da perda das referências nós continuamos a sonhar, a imaginar, a cantar. Perdemos as certezas, é verdade, mas será que as certezas que tínhamos, que se revelaram falsas, são melhores do que a incerteza com a qual navegamos atualmente? Perda ou libertação? Creio que ambas. Perda porque muita esperança se depositou no que se perdeu. Libertação porque, livres das amarras de um projeto moderno, predeterminado por pressupostos rígidos, respaldado em uma legitimidade científica, estamos abertos a novas aventuras.

Se nenhuma ideia é portadora de uma verdade que nos salve, talvez seja o momento de criarmos o nosso próprio modelo e itinerário de salvação. Ou seja, terá chegado o momento de nos assumirmos, sem pai nem mãe ideológicos, com todos os riscos que isso implica. Talvez seja este o nosso grande temor, o nosso desalento.

Não creio em superação de nossa crise ética e, consequentemente, numa aposta em um caminho próprio, sem a integração dessa dimensão poética e profunda da existência. Sem a beleza, que teima em nunca abandonar o homem, jamais criaremos sistemas sócio-políticos dignos do nosso chamado. Fora dessa mística, toda a admoestação de que devemos ser fraternos será apenas um imperativo moral, com o alcance típico de todo o apelo ético. Só produz mesmo algumas mudanças superficiais. Toda tentativa moralista ou apenas no plano racional / político estará destinada ao fracasso se não despertarmos a beleza que mora em nós. Assim nos ensinam os poetas de todas as épocas.

Estamos no meio de uma crise de civilização. A humanidade está mudando sua temperatura psíquica. Estamos diante de alternativas. A crise em si não é má. Má poderá ser a resposta a ela se insistirmos em extirpar das nossas posturas toda sensibilidade, frescor, ternura, encontro, sorrisos, beleza...

Ou entendemos que precisamos de uma ética mundial, mais precisamente uma ética ecossocial planetária, cósmica; uma ética de responsabilidade baseada na beleza ao invés de uma ética de sucessos baseada no poder ou pereceremos todos ao fim de uma jornada fúnebre criada por nossas próprias mãos. Não há mais alternativas: ou nos salvamos todos ou morremos todos.

Segundo Edgar Morin é preciso um imaginário global. Um imaginário de que tudo isso é, de uma parte, a terra, jardim, nossa casa comum. É preciso distinguir o que é prosaico e o que é poético neste imaginário. A poesia e a prosa não são somente histórias literárias. São duas coisas antropológicas. O prosaico é tudo que concerne à técnica, à prática, aos cálculos racionais. O poético se refere à emoção, ao êxtase, à música, à poesia, ao amor, à bebida, à beleza...

A humanidade vive sempre esta dupla polaridade — prosa e poesia. Nas sociedades primitivas, eles sabiam misturar a poesia e a prosa, cantava-se, ritmavam-se a atividades de trabalho, intercalando atividades de um e de outro. Antes da guerra e da caça, havia a dança e o canto.

Nas sociedades modernas, nós dissociamos as duas coisas.

Todo mundo tem sua parte de poesia. Quando se vai a um jogo de futebol, é a poesia que buscamos. Quando se olha a novela na TV, é a poesia que suplicamos. Quando se tenta, desesperada e desintegradamente, o amor do outro, é a poesia novamente que nos invade...

Estamos numa época onde há uma ofensiva de esforços concentrados na prosa, esforços anônimos, gelados, técnicos, desumanos. A esta ofensiva devemos responder com uma ofensiva da poesia, e eu sempre digo que nós conhecemos este estado de poesia porque sentimos em nós este estado de alegria, de êxtase, vizinho da emoção, das lágrimas, quase no limite da mística. É um estado que é preciso considerar quando se fala dos homens. Deve-se pensar também nessa finalidade poética.

Poética e prosaicamente, pode-se dizer:

"O homem habita esta terra. Mas para que o homem possa habitar verdadeiramente esta terra, é preciso que ele a habite também poeticamente" (Edgar Morin)

Não sei se o mundo optará pela salvação, pela poesia, pelo seu próprio caminho. Será preciso muitos poemas para despertar a beleza que mora em nós. Teríamos que ser árvores de poemas. Veja a conclusão estarrecedora de Mário Quintana sobre a perda da beleza:

"Quando a árvore dos poemas não dá poemas,
Seus galhos se contorcem todos como mãos de enterrados vivos,
Os galhos desnudos, ressecos, sem o perdão de Deus!
E, depois, meu Deus, essa lenta procissão de almas retirantes...
De vez em quando uma tomba, exausta à beira do caminho.
Porque ninguém lhe chega ao lábio o frescor de cântaro,
A doçura de fruto que poderia haver num poema.
Maldita a geração sem poetas que deixa as almas seguirem,
Seguirem como animais em estúpida migração!
Quando a árvore dos poemas não dá poemas,
Qual será o destino das almas?

Gostaria de terminar com o final de um texto de Castoriadis intitulado: "Via sem saída?", com o qual creio que este texto tem muito a ver:

–   "Então, o que você quer? Mudar a humanidade?"

–   Não, alguma coisa mais modesta: que a humanidade se transforme, como ela já fez duas ou três vezes". (1992, p.107)

-x-

A ARTE DA JARDINAGEM

José Newton Tavares

Dizem os poemas sagrados que Deus, cansado de olhar para o caos, sonhou com a beleza, com o paraíso: criou um jardim. Foi mais além, não suportou contemplar tamanha beleza sozinho e chamou o homem e a mulher como cúmplices dessa aventura. Extrapolou seu ato de amor e nos entregou o jardim com palavras que, penso eu, o escritor sagrado esqueceu de revelar: –"Tomem. É de vocês. Vejam como é belo. Tem pôr-do-sol, horizontes, fontes cristalinas, flores encantadas, desejos e encontros... Façam dele a sua casa, pois para isso os chamei à vida: o amor, a mesa farta, a música, o brinquedo, a vadiagem, a preguiça, a cama, o banho, o abraço, a ternura, os sorrisos...É para isso que vos chamei e vos dei o jardim, é para isso que devem trabalhar e lutar: para que esse mundo seja um lugar de delícias para todos. Pois eis o que conta : abrir em vós espaços para que o infinito, o mais, o espírito, a fraternidade, a partilha, o brilho e a beleza habite em vós. Esta é a grandeza de vocês: não os fiz para definhar gradualmente, para deleitar-vos nos minimalismos, nas quietudes, na indolência e no torpor, mas para o infinito."

É assim que entendo a política: a arte de cuidar esse imenso jardim que ganhamos. Claro que a maioria dos políticos não pensa assim. Para eles o jardim não é lugar da beleza, da contemplação, da harmonia. Nem poderia ser, pois seus olhos estão atentos a outros tipos de flores, de preferência de plástico e números. Falta-lhes o amor pelas flores, pelo sagrado preparo da terra, as lágrimas nos olhos de ver os brotinhos...Ah! Eles teriam que ser de outra substância, teriam que entender que é do frio e escuro da terra, lá onde mora nossos sonhos mais profundos e verdadeiros: o coração humano, que é gestado o amor pela raça. Percebam suas falas: falam do jardim, mas não amam o jardim, falam das flores, mas não suportam receber rosas, clamam por beleza, mas seus rostos são frios como um carrasco em atividade... Mas eu, que não sou político, creio que a arte da jardinagem é tudo que viemos fazer aqui nesse mundo.

Lembro do seu João, um velho amigo que cuidava da piscina da universidade onde estudei. Não me recordo de conhecer pessoa mais sábia. Nada sabia de política, das bolsas de valores e investimentos de capital. Mal conseguia escrever o nome. No entanto, toda a manhã antes de começar a trabalhar, ele, com uma grande peneira improvisada, recolhia, delicadamente, os insetos que caíam na água durante a noite e os soltava outra vez à vida. Perguntei por que ele fazia isso (esse gesto tão insignificante), ele respondeu: Porque a vida é sagrada e também eles merecem viver no paraíso.

Fico pensando se o seu João se candidatasse. Que vexame, não teria voto algum. Um verdadeiro fracasso eleitoral. O povo preferiria votar nos grandes "homens", "inteligentes", "cultos", "engravatados", mas sem nenhum brilho nos olhos, sem nenhuma percepção da sacralidade da vida. Pessoas cujo único intento é usar o jardim para outro fim. É claro que o seu João não concordaria com tamanha loucura. Penso que ele responderia:- "E quando terei tempo para salvar os insetos que caem na piscina"?

Dizem que a voz do povo é a voz de Deus. Não creio. O povo é tolo. Troca um jardim para todos por um apartamento para si. Prefere um terreno privado, cercado, "seu", (mesmo que seja dentro de uma montanha de lixo) do que ajudar a derrubar as amarras que oprimem o ser humano, seu irmão. Ah! Como são ingênuos os que lutam pela conscientização das massas. Por isso os amo: pela sua santa ingenuidade. Eles acreditam que com palavras e discursos, moral e estatísticas poderão "conscientizar" o povo a eleger um jardineiro que ame o jardim. Não sabem eles que o povo é guiado pela imagem, pelo desejo, pela fantasia... não pela consciência. Para entender a política, na sua profundidade, é preciso mais psicologia do que sociologia.

Vejam as eleições passadas: o povo votou na imagem, na aparência do jardineiro: sua roupa era bonita, sua fala mansa, seus olhos ternos (só para ganhar voto), sua cabeça inteligente, suas promessas maravilhosas, não importando que suas mãos lisas nem de longe lembravam alguém que conhecia a terra. O povo, aboiado para isso, gosta do poderoso: sua glória, seu salvador. Quando enfim votaram num trabalhador (que depois se esqueceu disso) foi preciso que ele se travestisse de homem de elite. Pobre do seu João, não teria realmente nenhuma chance. Ele ama demais o jardim, a vida para ele é sagrada.

Não se iludam, para cuidar bem do "jardim" é preciso mais do que conhecimento técnico, rosto bonito, e um bocado de palavras que já não vão nem vem do coração. O segredo está no amor, na delicadeza para com as "flores", na ternura no trato da terra, no brilho no olhar toda vez que chove. É preciso sentir a dor que pulsa no coração do universo e da criação. É preciso, como o seu João, recolher, sem pressa, como se fosse a coisa mais importante do mundo, os "bichinhos" que caem na "piscina".

Sei que o que escrevi não parece um texto político. Segundo os entendidos política é coisa séria e eu, irreverentemente, falei sobre jardim. Acontece que já algum tempo troquei de parceiros: nada de intelectuais e eruditos, homens da sisudez e do saber. (não me canso de repetir isso). Prefiro, hoje, a companhia dos palhaços e dos poetas, homens da alegria e do sabor. Com eles aprendi que política é isso: a arte da jardinagem nos canteiros da alma, revolvendo a terra dos sonhos da raça humana para vê-los desabrochar na convivência dos homens. Para os intelectuais, política é a arte do bem comum, como se o bem comum fosse algo etéreo, sem cor e cheiro de gente vivendo seus sonhos e emoções, alheio ao grande devaneio humano e fora das coordenadas do coração. O bem comum só nasce de um grande sonho comum, de uma grande paixão pela raça. Não acredito mais em políticos de gabinetes e de situação, pessoas incapazes de derramar uma só lágrima de afetuosa saudade, pelo contrário, estão sempre a doar sorrisos, como se o jardim estivesse uma beleza e não houvesse "flores" morrendo de "sede".

Para se fazer uma nação, é preciso plantar um grande sonho, uma grande paixão, algo assim como um canto gregoriano. É preciso regá-lo com as lágrimas da esperança e esperar que um dia possamos colher morangos em vez de abrolhos. Política é ter a delicadeza de perceber a sacralidade de todas as coisas e revolver a terra na esperança de que ela nasça como um sol ao meio-dia. Uma nação é isso: um povo unido pelo mesmo sonho. Sonhos de beleza e fraternura.

Mas onde o jardineiro? Que rosto terá? Será bonito ou feio? Em quem apostar? Estará tudo perdido? Todos são iguais? Não penso assim. Já tomei minha decisão: Como não posso votar no seu João (que nem candidato é), vou votar em quem pensa como ele: a vida é sagrada e é parte do nosso jardim. Quem? Não posso e não devo dizer, pois nossa opção é sempre resultado do nosso olhar sobre o mundo. Não se vota em candidatos. Engana-se quem pensa que o povo voto em esse ou aquele. Vota-se nos nossos sonhos mais profundo: o que quero para meus irmãos? Qual sonho de futuro tenho no coração? Um grande jardim ou um montão de lixo? Mesmo que dentro dele eu viva bem enquanto meu semelhante procura, no meio dos escombros, algo para comer? Não há saída. Nosso voto é uma confissão dos nossos sonhos, dos nossos desejos, do nosso projeto de jardim. Nem adiantaria dizer quem eu acho que seria o melhor jardineiro (quem sou eu para dizer alguma coisa?). Como disse, não se vota pela consciência, mas pela imagem do jardineiro; pela adequação inconsciente (ou consciente) dessa imagem com o que trago no peito, sob o coração. Há muitos jardineiros, há muitas imagens. É uma pena que nosso povo se encante com qualquer imagem, qualquer jardineiro...

Muitos dizem: "não quero saber de jardineiros e nem de jardins. Quero é viver bem, me arrumar, me aposentar e, então, desfrutar os meus sonhos". Parece ser essa a ideologia contemporânea. É uma pena que quando chegar esse dia, por terem cultivado a insensibilidade, já terão se esquecido de como eles eram.

—X—

NO EGITO: DO OUTRO LADO DA LINHA

José Newton Tavares

Chegamos ao Egito tarde da noite. A longa viagem do aeroporto ate o hotel, aproximadamente 25 kilômetros, mostrava a dimensão do que nos esperava. Lá nada seria pequeno. Entre uma e outra conversa com o guia, que nos mostrava, pacientemente e em detalhes, lugares e monumentos ao longo do caminho, percebemos que estávamos diante de um mundo novo. Meu olhar se deliciava com aquele mundo "exótico". Jamais eu havia saído da cultura ocidental. Jamais estivera do outro lado da linha. Estava agora dentro do "eixo do mal".

Ali estava eu imerso no mundo muçulmano. Mundo esse que a mídia ocidental teima em demonizar, desfigurar, fazendo com que olhemos para ele com um olhar de mão única. Somos "obrigados" a vê-los a partir daquilo que nós temos e eles não têm. O que nos tira a delicia de vê-los a partir daquilo que eles têm e nós não temos. Mas é preciso estar do outro lado da linha para perceber isso. É preciso trocar de pele.

A grandiosidade do Egito não se resume a templos e estátuas magníficas, pirâmides e faraós. Há isso também. Essas coisas vão buscar os turistas comuns, aqueles que, ao viajar, nunca deixam a si mesmo na soleira da porta de entrada; nunca de despem das suas verdades eternas; nunca se deixam beber pelo mundo que visitam. "Os outros são os outros e só". Esses são os turistas profissionais. Vão apenas visitar a "exoticidade" alheia e voltam como foram: cheios de fotos e vazios por dentro.

Eu, ao contrario, fiz um esforço hercúleo. Andei na contramão. Escutei histórias, contos e sons....percebi lugares, roupas e olhares. Como os antigos beduínos daquelas paragens desérticas, eu esperei que eles se mostrassem para além das chilabas e véus. Esperei que eles mostrassem seus rostos marcados pelo sol escaldante. Fiquei atento a seus mundos escondidos para além das nossas notícias organizadas e editadas pela *CNN*. E então a surpresa: um oásis de beleza se revelou. Uma humanidade escondida, preterida, sufocada em nome do capital.

Nosso guia, um muçulmano convicto, mas não radical, apaixonado pela sua cultura, nos brindou com um emocionante relato sobre a forma de viver de seu povo. "Vocês nos olham de fora e não entendem a nossa lógica" dizia. "Nós queremos apenas que nos deixem ser do jeito que desejamos. Não queremos a democracia ocidental. Ela não nos fará bem". Com uma delicadeza de emocionar ele nos disse o óbvio: confundimos autocrático com autoritário. Acreditamos que nossa "democracia" ocidental é libertária. Será democracia? Liberdade para que?

O Egito é um país pobre, mas la ninguém passa fome. Todos se ajudam. Há um senso de comunidade já completamente extinto em nosso "mundo livre e democrático". A religião muçulmana, longe de pregar a "guerra santa", estabelece o dízimo não a uma instituição ou a seu ministro. O dízimo deve ser dado a outro irmão em dificuldade. Com um detalhe: em segredo. La não se compra o céu. Ele é dado de graça. Presente divino. Basta alguns instantes dentro da mesquita na Fortaleza de Saladino para perceber isso: a beleza custa barato. Um olhar apenas e nos sentimos no paraíso, aconchegados, ternamente, nos braços de Alá.

Uma pequena história exemplificara. Eu e minha irmã estávamos comprando chilabas em uma pequena loja numa espécie de shopping islã na delicada cidade de Aswan. Cada vendedor se esforçava para ganhar seu freguês. A insistência beirava a insanidade. Na correria para dar o troco, e não perder os clientes, nosso vendedor caiu e machucou a perna. Imediatamente todos que, antes, de digladiavam em busca de freguês, acorreram ao irmão machucado. Ele parecia importante demais. La é assim: primeiro a pessoa, depois a mercadoria. Quão diferente do nosso mundo "democrático e livre".

As ruas do Cairo também falaram, assim como suas roupas, seus gestos e buzinas. (la a buzina é uma forma de cumprimento). Há algo naquela cidade incompreensível para nossa cultura "democrática e livre": o trânsito. Aparentemente não há lei. Os carros, em disparadas, entram onde podem e, pasmem, ninguém briga. As batidas são frequentes. Os carros, quase todos marcados. Ninguém mata nem morre por um para-choque amassado. É um carro, de plástico/lata. Apenas um carro. Porque brigar? Só pensa assim quem não inverteu valores. La amam-se as pessoas e usam-se as coisas. Quão diferente do nosso mundo "democrático e livre".

E o que dizer das mulheres muçulmanas? Tão aviltadas pela mídia ocidental como oprimidas, relegadas a segundo plano, massacradas e esmagadas na sua feminilidade? Pergunte a elas. Foi o que fizemos. Qual a surpresa? Elas não se sentem oprimidas. A maioria se sente muito bem usando o véu e a chilaba. É a cultura. É seu jeito de viver. Isso em nada depõe contra sua feminilidade. La a maioria das famílias são integradas. Vivem juntas ate a velhice na saciedade da comunidade, junto com os filhos e netos. A ideia do amor romântico não é preponderante. Casa-se pelo olhar.

A nossa ideia de relacionamento amoroso seria melhor ou mais livre? Nós que casamos por tesão seríamos mais felizes? A crítica é que la os casamentos são arrumados, não há amor. E aqui há? As estatísticas dizem que no Brasil a cada oito minutos uma mulher é agredida por seu companheiro. A cada dia uma é morta por esse mesmo homem que lhe jurou "amor" eterno. As delegacias da mulher se entopem a cada dia. Sem contar as milhares que não denunciam, por medo. E a mulher ocidental, escrava de uma beleza inatingível, de uma ideia de amor idílica e criminosa, ainda acredita ser livre. Livre para apanhar ou morrer como quiser nas mãos do seu amado. Mas morrerá sarada, linda de morrer.

É preciso estar do outro lado da linha, verdadeiramente, para perceber que nós somos os escravos. Nós somos os coitadinhos. Nós é que estamos doentes. O mundo "livre e democrático" da democracia estadunidense ora imposta ao mundo é escravizante, desestruturante e assassina. Por isso eles não a querem. Sabem que nessa democracia os grandes valores da vida humana jazem sob o capital e a única ética que sobrevive é a ética do mais forte.

No "mundo livre" as mercadorias falam. Surpreso? Vá a um shopping qualquer. Fique atento e ouvira o grito das mercadorias. A moça entra na loja, experimenta uma calça, mas ela não entra. A moça está acima do peso. Delicadamente a vendedora coloca a calça de volta na prateleira. A calça grita: "Moça! Você está gorda. Vá fazer uma lipoaspiração. Academia. Se vira. Você está feia. Depois volte. Eu ordeno". Dito e feito. A moça investe tempo e dinheiro, sofrimentos e angustias. Faz regime. Caminhada.

Academia. Fica gostosa. Volta na loja na ilusão de que agora ela vai comprar a calça. Ledo engano. A calça a comprou. Há muito tempo. A mercadoria a monitorou o tempo todo, silente, da prateleira. Escrava. Totalmente escrava. Mas não tem importância. Ela vive num "mundo livre". Poderá passear linda e saltitante com sua calça nova, seu corpo escultural e uma estranha sensação de que nunca será amada, somente desejada.

"Aqui não sabemos o que é depressão" nos disse o muçulmano Abdel aziz. Palavras estranhas para um ouvido ocidental. Nós vivemos numa angústia crassa. Os consultórios psiquiátricos estão lotados. Crise de ansiedade, crise de pânico, depressão. Essa é a maravilha do "mundo livre". Preferimos um corpo sarado, malhado, a mostra, umbiguinho de fora, embora desfigurado por dentro. Retorcidos. Almas em escombros. Mas "livres".

O corpo e o sexo se tornam as vias régias para a felicidade. Consumir. Somos corpos que consomem corpos. Mas há algo errado. Os urologistas afirmam que 48 % dos homens acima de 18 anos sofrem de algum tipo de disfunção sexual. Aproximatamente metade das mulheres nunca sentiram orgasmo. Confundem a profundidade do amor com um ralo prazer sexual. Estranho. Se no "mundo livre" felicidade é consumir coisas e sexo e se nesse mundo nunca foi tão fácil consumir coisas e sexo, porque a metade dos homens e mulheres são infelizes? Incapazes de sentir o mais terno dos sentimentos: o amor? Mistérios do mundo livre.

Uma conversa rápida com qualquer egípcio médio, esses que estão olhando agora para um novo Egito, basta para perceber que eles vibram em outra frequência, lutam por outros valores e querem outros paraísos, não esses prometidos pela democracia liberal, mas o verdadeiro paraíso humano da bondade, fraternidade e liberdade. Claro que há problemas. Não estou idealizando e glamourizando a cultura muçulmana. Nem tudo são rosas, como em todo lugar. Apenas acredito que não cabe a nós, "democratas ocidentais", interferir nas suas buscas. Eles têm outra lógica, outra forma de olhar o mundo. Portanto, tem também as soluções. A questão é deles. Porque raios deveríamos dizer o que é certo ou errado? Acaso estamos nós em melhores condições?

Olhar o mundo muçulmano através daquilo que eles têm e nós não temos muda tudo. É um exercício psicanalítico. Um mergulho no nosso vazio. Uma imersão na nossa dor e nossas mazelas. Não é para todos. Dói. Perceber que entregamos ao deus capital a nossa dignidade humana não é algo muito seguro. Perceber que eles ainda mantêm valores essenciais, nos incomoda. Para eles quem deve mandar na sociedade é Alá e não o capital. Que heresia! Disso decorre toda uma outra forma de viver. Outra lógica. Outro olhar. Outra delicadeza. Mas para perceber isso é preciso sempre estar do outro lado da linha

—X—

O INCOMPETENTE

José Newton Tavares

Pediram-me para falar para os alunos da Universidade onde trabalho. O tema era bem pertinente: a competência cognitiva para o século XXI. (lê-se: como se preparar para "vencer" nesse mundo "cão"). Havia jurado não mais falar em público. Assim como Nietszche também eu decidi bater em retirada em direção à montanha. Não, não pensem que estou fugindo. A solidão é boa companheira e amável e amiga. Ela nos convida ao retorno ao verdadeiro lar. Segui o conselho de Jesus, filho de Deus (autoridade inquestionável creio): "É preciso nascer de novo, ser nova criatura..." E todo nascimento é uma atividade solitária. Por isso, na tradição cristã, Deus não poderia ter nascido em uma festa ou em um comício. Tinha de ser em um estábulo, longe, na solidão... A beleza não suporta a multidão. Assim também pensou Nietszche: "Corra, meu amigo, para dentro da tua solidão. Sê como a árvore que ama com seus galhos. Silenciosamente, escutando, ela se dependura sobre o mar".

Mas a insistência foi tão grande e tão singela que não pude me desvencilhar dessa "opressão da bondade". Aceitei.

Surpresa maior eu tive quando, preparando a palestra, dei-me por conta da insanidade em que estava metido: não era a pessoa mais indicada para falar sobre competência, pelo menos não no sentido em que estavam esperando. Pois fui e sou um completo incompetente. Explico. Apaixonado pelo Altíssimo e desafiado pelo mistério, decidi, jovem ainda, ser padre. Fui parar no Rio Grande do Sul, num seminário que respirava uma teologia de transformação. Gostei. Também eu queria transformar o mundo. Também eu sofria da síndrome de Sansão. Mas logo minha incompetência começou a aflorar: não estava preparado para a vida comunitária. Vivia-se um "tudo é de todos", a "comunidade" em detrimento do indivíduo. Tudo era em comum, até mesmo a falta de profundidade humana, obvia conseqüência de uma vida sem solidão. Fui um incompetente. Não pude nunca me juntar a eles. Minha alma era aristocrática. Reclamava solidão para nascer, e como poderia nascer num barulho daqueles? Lá fui tachado de burguês, alienado, anti-social, arrogante, quando não de vagabundo, pois me recusava a participar do bulício do grupo. Preferia as madrugadas, o canto solitário, o dedilhar do violão, a música clássica, a filosofia e a poesia...Todas elas coisas que se entra sozinho. Minha alma queria solidão...

Na faculdade também não pude ser elencado como um dos mais competentes. As razões eram óbvias. No curso de filosofia fui execrado às periferias do saber e da convivência. Cometi a incompetência e a audácia de preferir, em minhas leituras, o louco Nietszche, o angustiado Schopenhauer, o visionário da pequena luz Bachelar (em detrimento ao seu lado claro e distinto) e o genioso Wittgenstein. Foi com eles que suportei esse ostracismo vivencial e intelectual. Meus colegas eram requisitados para dar palestras em escolas, grupos e pastorais. Eu nunca nem mesmo falei a minha classe. Eles tinham coisas sérias a dizer: Platão, Kant, Hegel...todos filósofos respeitados e competentes.

Minha monografia de final de curso foi finalizada às duras penas. Meu orientador não aceitava meus escritos. "Tem muito adjetivos Newton!...você tem que fazer uma dissertação. Rigor científico, e não poesia", Dizia ele. Mas eu não sabia como transformar sentimento em rigor científico. Eu estava no texto. Eu era o texto. Quem me mandou ler Rholand Barthes e Nietzsche? Fui incompetente.

Na teologia jurei ser mais competente. Até mudei de cidade. Em vão. Logo minha crônica incompetência veio à tona. Entre tantos teólogos respeitados: Karl Rhanner, Rudolf Bultmmam, Molttman, eu cometi a loucura de me apaixonar por Schelemacher, Robinson, Schweitzer (Médico e Pastor protestante que desertou do mundo formal e competente dos donos da verdade e refugiou-se no interior da África, no anonimato, impelido apenas pela vontade de curar feridas...). Ousei, como queria o velho Feuerbach, transformar teologia em antropologia. Fui mais longe que isso e cometi pecado maior: misturei teologia com poesia, ou melhor, fiz da teologia uma poesia e deixei-me visitar pelos poetas. A instituição não entendeu e nem poderia. Fui incompetente. Quis tirar Jesus da cruz e colocá-lo no chão. Em pé. Na história. Não foi possível. Ele está, desgraçadamente, eternamente colado à dor e ao sofrimento, exatamente àquilo contra o qual ele entregou sua vida e sua morte. Quis fazê-lo rir, dançar e gargalhar... mas a estética do sofrimento e da auto-fragelação, que abafa Eros em nome do ágape, abortou minha frágil e ingênua gestação.

Deixei a Igreja. Minha teologia foi incompetente demais. Não pude, como eles, dizer a "verdade" sobre Deus e o mundo. Minha experiência com o mistério estava mais próxima do silêncio e da lágrima do que da palavra e da verdade. Falar de Deus como se calcula matemática. Isso eu não pude fazer. Fui embora.

Mais maduro descobri o professor que morava em mim. Na escola minha sina não foi diferente: tornei-me um solitário incompetente. Ousei pensar a educação a partir da beleza, da sedução e do riso. Postulei a escola como lugar onde a seriedade do conhecimento pronto daria lugar à brincante alegria da construção; onde os caminhos lineares das certezas sucumbiriam aos percalços inusitados e imponderados das buscas. No entanto fui desterrado para os abismos do inferno, pois, segundo meus algozes, é lá que devem viver os que não falam em políticas públicas neoliberais. Então decidi: se o céu é o lugar onde as pessoas preferem ir a comícios ao invés de concertos...então prefiro o inferno. Não!!! Não pensem que concordo com as políticas neoliberais, pois não concordo. Apenas não creio que sejam elas as únicas vilãs da educação. Segundo Bachelar, é preciso despertar os sonhos fundamentais. Mesmo numa sociedade perfeita os homens não deixariam de sonhar e de encantar-se com o apenas vislumbrado.

Sou incompetente. Totalmente. Não posso fazer palestra alguma sobre competência. Tenho ainda outra razão: minhas referências "teóricas" não habitam o mundo dos competentes: Nietzsche morreu louco, Cecília Meireles era depressiva, Fernando Pessoa era dado à bebida, Wittgenstein louvou o dia de sua morte (não suportava mais esse mundo comandado pelos "competentes"), Ernest Hemigway despediu-se da vida com suas próprias mãos, as mesmas que escreveram "O velho e o mar" e Hermann Hesse vivia numa esmagadora e desesperada solidão.

É... sou mesmo incompetente. Mas o curioso é que não tenho nenhuma culpa. Mais do que isso: não tenho nenhum desejo de ser competente. Como meus amigos, citados acima, não me importo em não "vencer". E perderia meu tempo tentando explicar por que. Há certas vitórias que só são percebidas pelo ocular do coração. Inútil qualquer discurso. Seria preciso ver com os mesmos olhos. E para ver com os mesmos olhos é preciso amar as mesmas coisas. Nietzsche venceu? Martin Luther King venceu? Gandhi venceu? Jesus venceu? O que é vencer? Meus competentes companheiros de caminhada, os que se renderam ao princípio da realidade, os que venceram, talvez fossem mais competentes para essa palestra, pois é a eles que querem ouvir. Um é médico e gasta metade de seu salário em terapias, na desesperada tentativa de redescobrir o brinquedo e a alegria das pequenas coisas; outro é diplomata: sério e taciturno como um carrasco em atividade...arrastando-se pela vida em busca de um sinal apenas de que a vida tenha sentido. Há ainda um intelectual, homem do saber formalizado e imperativo. De sua boca saem as verdades mais puras e lógicas, mas nada mais vai nem vem de seu pobre coração. Incapaz de se emocionar com um poema ou uma criança. Jamais deixou seu mundo anti-séptico para surpreender o encanto de uma noite estrelada. Todos eles "vencedores". São seus conselhos que lotam auditórios, invadem páginas e páginas de livros e jornais e correm sem limites pelos canais do messianismo midiático. Lair Ribeiro e *Paulo Coelho* venceram. No entanto os poetas não podem nem mesmo editar seus poemas...

Mas não há solução. Aceitei a proposta e não posso desmarcá-la em cima da hora. Afinal, há tanta gente querendo saber como "vencer"...e eu, desgraçadamente, só poderei dizer como "perder"; como, apesar da brutalidade da história, perceber restos de beleza, leveza e ternura que teimam em habitar os interstícios de nossas "derrotas". No entanto, não creio que eles estejam interessados em beleza, leveza e ternura. Estranhamente para "vencer" é preciso desertar do mundo da fantasia, do imponderável, do apenas vislumbrado.

Não quero "vencer", quero continuar perdendo. (Sei que os psicólogos se adiantarão a dizer que isso não passa de compensação pelo meu sentimento de inferioridade. Que assim seja sinistros Freudianos. Mas a verdade é que as alegrias que sinto na minha condição de "derrotado" é infinitamente maior que posição de "vencedor". Darci Ribeiro também tinha esse complexo. Antes de morrer ele disse em uma entrevista: "perdi todas as minhas lutas, mas morro feliz, pois não gostaria de estar no lado dos vencedores") Com certeza não terei os louros e as glórias dos "vencedores", mas terei um ganho: me será dado a alegria e a leveza de transitar por caminhos desconhecidos. Montanhas. As alturas são montanhas cobertas de neve, frias o bastante para desencorajar os que não suportam a gelada dor da solidão. Meus amigos já me advertiram: "nunca diga um poema a quem não é poeta. Podem não suportar. Não jogue pimenta nos olhos dos outros..." É verdade... talvez eles tenham razão, mas sempre trago comigo uma irremovível esperança: quem sabe, olhos lavados pelo ardor da pimenta, poderão, um dia, ver melhor...

-X-

VERSAR O AVESSO DO CONTEXTO EM TEXTO AVESSO DO ANVERSO

Luiz Augusto Lima de Ávila

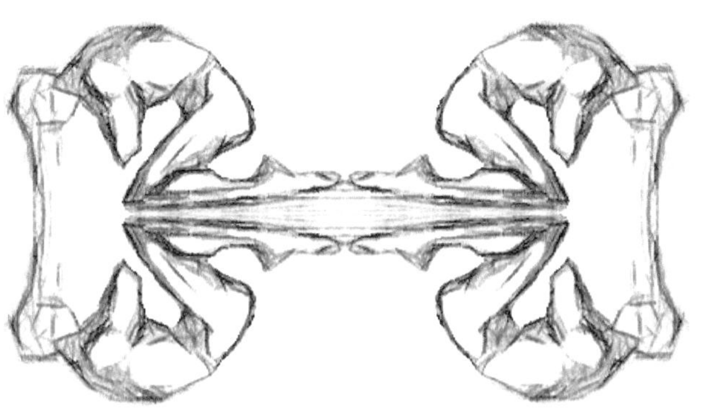

O avesso do contexto em texto avesso do anverso.

Se o verso do texto negasse o contexto.

Negar-se-ia o avesso, o anverso e o próprio texto.

Mas, avesso e anverso não se confundem.

Assim, como não se confundem positivar e afirmar.

Mas, como explicar o avesso do contexto em texto avesso do anverso?

Vejamos o contrário do que já foi dito.

Se o anverso do contexto negasse o texto.

Negar-se-ia o antagonismo do avesso, o verso e o próprio contexto.

Mas, certo mesmo, é saber que avesso é adverso, antagônico, contrário, desfavorável, oposto.

Até mesmo, adversário, inimigo e rude.

E, portanto, avesso ao avesso é saber que anverso é direito, frente, reto e verso.

Mas, se o verso, por natureza, é polissêmico, métrico, rítmico ou silábico, não há contrário ou contraditório, há diferença.

Mas, quando o verso é costa, traseira ou face posterior, não há diferença, esse é contrário a anverso, frente.

Não nos esqueçamos do versar, volver, manejar.

E até mesmo praticar, estudar, compulsar, ponderar ou verter.

Pois, versar ou verter o avesso do contexto em texto avesso do anverso é inteligir, por hipótese, o que é o verso do texto que nega o contexto.

Mas, inteligir é propriamente uma hipótese quando versamos ou vertemos o avesso do contexto em texto avesso do anverso.

-x-

SER, NÃO SER E SER NÃO IMPLICADOS COM O PARADOXO DA CONFIRMAÇÃO E COM A NEGAÇÃO DE NÃO EXISTIR NADA

Luiz Augusto Lima de Ávila

"Una mujer está sentada sola en una casa. Sabe que no hay nadie más en el mundo: todos los otros seres han muerto. Golpean a la puerta."

Thomas Bailey Aldrich (1836-1907)

De manhã e em um bairro qualquer que se queira, ouvem-se tiros. Ante os vizinhos o socorresse, Meugnin cai, morto. Aquela mulher, aquela que todos predicavam, de um modo ou de outro, louca, confessa ter estado em casa sozinha e matado o marido. Louca? Talvez! Mas um dia apontou um retrato e disse: Irmãos e irmãs eu não tenho, mas a mãe daquela mulher é filha de minha mãe. E, narrando o acontecido, perguntava para qualquer um com quem encontrasse: de quem era o retrato que apontava? Dela mesma ou de sua filha? Mas, no bairro qualquer que se queira, as mulheres se juntavam para elogiar essa mulher jovem e divorciada, mãe de uma menina ainda criança, vendedora ambulante de frutas e verduras. O que pode tê-la levado a matar o marido? Sabe-se que ela estava sentada, em sua casa, só, insensível e avessa a tudo e a todos. Sabe-se que não havia nenhum rancor em seu coração e que não havia nada mais no mundo que a fizesse pensar nele. Sabe-se que ele, também, vinha apontando um retrato e dizendo: Irmãos e irmãs eu não tenho, mas o pai daquele homem é filho do meu pai. E, narrando o acontecido, perguntava para aquela mulher e para todos com quem encontrasse: de quem era o retrato que apontava? Dele mesmo ou de seu filho? Mas, que filho? *Perguntava aquela mulher! Perguntava*, não necessariamente, ao tempo em que era apresentado o problema. E sabe-se, ainda, que, a pouco tempo, tomada a filha no colo e como quem a quisesse roubar, faz a seguinte proposta: devolverei nossa filha se você adivinhar corretamente se eu a devolverei ou não. Aquela mulher, mãe aflita, responde: não vai devolver a nossa filha. Intrigado, pensou muito no que deveria fazer. Se ele devolvesse a filha estaria em contradição, pois a mãe errou. Mas, se não a devolvesse, as implicações seriam as mesmas, pois, a mãe respondeu corretamente. Devolver ou não devolver? Como não cair em contradição?

Se o complemento de uma proposição é equivalente por obversão do contrário dessa mesma proposição, então, o dilema de Homero, para além do ser ou não ser, é ser, não ser ou ser não.

No ser não bom está implícito, não o ser bom ou o não ser bom, mas, sim, o ser mal, mau, bem, pessoa, coisa, trem etc.

Se trem, então qualquer coisa ou pessoa, salvo o bom, pois tudo lhe é complemento.

O *Paradoxo* da Confirmação ocorre no âmbito dos problemas associados à indução, ou seja, se é comum pensar que todas as vezes que descubro um corvo preto estou confirmando que "Todos os corvos são pretos", então a confirmação funciona assim: se é verdade que "Todos os corvos são pretos", então, "Todas as coisas não-pretas são não-corvos" é confirmada sempre que avisto algo não-preto que não seja um corvo, como o meu fusca amarelo. Deste modo, podemos observar que as duas proposições são logicamente equivalentes: $\forall x \, (C_x \rightarrow P_x)$ e $\forall x \, (\neg P_x \rightarrow \neg C_x)$. Logo, sempre que vejo fuscas amarelos, estou confirmando que todos os corvos são pretos. Consideremos, para tanto, uma explicação mais detalhada no esquema que segue abaixo:

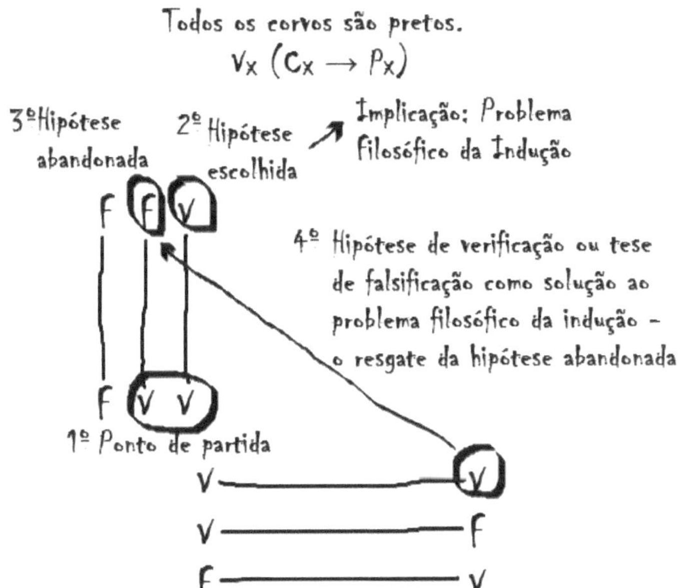

Todos os corvos são pretos.
$$\forall x \, (C_x \rightarrow P_x)$$

Todos os "não pretos" são "não corvos".
(Amarelo)   (Fusca)
$$\forall x \, (\neg P_x \rightarrow \neg C_x)$$

—x—

PROBLEMA PROPOSTO: LITÍGIO ENTRE MEUGNIN E SODOT

Luiz Augusto Lima de Ávila

Meugnin lecionava a arte das alegações endereçada aos jurados dos tribunais. Sodot queria ser advogado, mas, como não podia pagar os honorários para seus estudos, fez um acordo com Meugnin, mediante o qual este lhe daria as lições, mas não receberia pagamento algum, enquanto Sodot não ganhasse seu primeiro caso. Quanto Sodot concluiu os estudos, protelou o início da sua prática profissional. Cansado de esperar, em vão, pelo pagamento, Meugnin intentou ação judicial contra seu ex-discípulo para cobrar a dívida. Não levando em conta o adágio, segundo o qual o advogado que defende o seu próprio caso tem por cliente um idiota, Sodot decidiu fazer a sua própria defesa ante o tribunal. Quando o julgamento começou, Meugnin apresentou a versão do caso num dilema esmagador:

— Se Sodot perde este caso, então terá que pagar-me (por sentença do tribunal); se ele ganha o caso, terá, igualmente, que pagar-me (pelos termos do nosso contrato). Ele deve perder ou ganhar este caso. Portanto, Sodot deve, de qualquer modo, pagar-me.

A situação parecia ruim para Sodot, mas este aprendera muito bem a arte da retórica. E apresentou ao tribunal, como réplica, o seguinte dilema:

— Se ganho este caso, não terei que pagar a Meugnin (por decisão do tribunal); se perco, tampouco terei que pagar a Meugnin (pelos termos do contrato, pois nesse caso não terei ganho, ainda, o meu primeiro caso). Devo perder ou ganhar este caso. Portanto, não tenho, em caso algum, que pagar a Meugnin.

—X—

HIPÓTESES E IMPLICAÇÕES PROVÁVEIS

Luiz Augusto Lima de Ávila

Em uma noite qualquer, de todos os anos que já se passaram e no tempo de vida que possa ter um rabugento inteligente e astucioso, vemos brotar o desejo pelo problema que, por si só, desafia o intelecto humano, principalmente quando direcionado para o crime.

E, assim, é que três prisioneiros — todos também astuciosos e inteligentes — foram chamados à sala do diretor do presídio. Um deles tinha a visão normal, o segundo era caolha e o terceiro era completamente cego. O diretor, na presença do carcereiro, mostrou-lhes cinco chapéus: três vermelhos e dois brancos, e lhes disse:

— 	Pelo bom comportamento de vocês, vou dar-lhes uma chance de conquistar a liberdade. Dos cinco chapéus que tenho nas mãos, escolherei três, para colocar em suas cabeças, mas não permitirei que vocês vejam cor do próprio chapéu, embora possam ver a cor dos chapéus de seus companheiros.

Assim procedendo, o diretor disse ao primeiro com visão normal:

— Concedo-lhe a liberdade se acertar a cor do chapéu que tem sobre sua própria cabeça. Mas se me der uma resposta errada, será condenado à morte.

Após olhar atentamente para a cabeça dos outros dois presidiários, o prisioneiro com visão normal respondeu:

— Não tenho como saber com certeza a cor de meu chapéu. E não serei imprudente a ponto de arriscar um palpite.

Em seguida, foi dada a mesma oportunidade ao prisioneiro caolho. Este, após olhar para seus companheiros, respondeu:

— Eu, também, não posso afirmar, sem risco, qual é a cor de meu chapéu. Prefiro a prisão a jogar com a morte.

O diretor dirigiu-se, então, ao prisioneiro cego e disse-lhe:

— Seus companheiros, dotados de visão, não puderam descobrir a cor do próprio chapéu. Não perderei meu tempo em fazer-lhe a mesma pergunta.

— Senhor diretor — disse o prisioneiro cego — suplico-lhe que me dê a mesma oportunidade dada a meus companheiros.

— Se assim o deseja, terá também sua vez. Mas não se esqueça de que será condenado à morte se errar a resposta. Não será poupado por não poder enxergar — retrucou o diretor.

— Senhor diretor — disse o prisioneiro cego — agradeço pela oportunidade que me dá. Se o destino privou-me da visão, outorgou-me, por outro lado, um raciocínio privilegiado, permitindo-me ver pelos olhos de meus companheiros.

E radiante e sorridente, o prisioneiro cego, sem hesitar, imediatamente respondeu:

— Com toda certeza posso afirmar que a cor do meu chapéu é vermelha.

No entanto, se revertermos a pergunta chave, em nome da contingência, da dúvida, da incerteza e de tudo que nos provocar a pensar ou perguntar "se, então", quais seriam as implicações?

O diretor dirigiu-se, então, ao prisioneiro cego e disse-lhe:

— Seus companheiros, dotados de visão, não puderam descobrir a cor do próprio chapéu. Não perderei meu tempo em fazer-lhe a mesma pergunta.

— Senhor diretor — disse o prisioneiro cego — suplico-lhe que me dê a mesma oportunidade dada a meus companheiros.

O diretor, então, disse ao prisioneiro cego:

— Se assim o deseja, terá também sua vez. E para mostrar que sou homem justo afirmo que lhe concedo a liberdade se acertar a cor dos chapéus que têm seus colegas sobre a cabeça. Mas não se esqueça de que será condenado à morte se errar a resposta. Não será poupado por não poder enxergar — retrucou o diretor.

— Senhor diretor — disse o prisioneiro cego — agradeço pela oportunidade que me dá. E se o destino outorgou-me um raciocínio privilegiado, permitindo-me ver pelos olhos de meus companheiros que a cor do meu chapéu é vermelha, por outro lado, privou-me da visão e de um diretor ignorante.

Entristecido, o prisioneiro cego, sem hesitar, imediatamente respondeu:

– Eu, também, não posso afirmar, sem risco, qual é a cor de meu chapéu. Prefiro a prisão a jogar com a morte.

Prisioneiro c/visão normal – **A**
Prisioneiro caolho – **B**
Prisioneiro totalmente cego – **C**

03 (três) chapéus brancos e
02 (dois) vermelhos

<u>**Resposta: Vejo, claramente, que meu chapéu é branco!**</u>

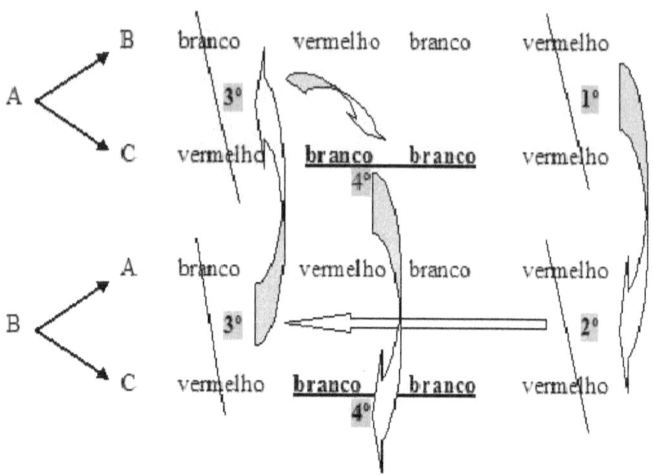

–X–

MENORIDADE E INIMPUTABILIDADE PENAL

Luiz Augusto Lima de Ávila

A "justiça resume-se em proferir a verdade e em restituir o que se tomou de alguém, ou podemos dizer que às vezes é correto e outras vezes incorreto fazer tais coisas? Vê este exemplo: se alguém, em perfeito juízo, entregasse armas a um amigo, e depois, havendo se tomado insano, as exigisse de volta, todos julgariam que o amigo não lhe as deveria restituir, nem mesmo concordariam em dizer toda a verdade a um homem enlouquecido." (Sócrates em PLATÃO. A República. Livro I.)

Por analogia, podemos asserir que: a justiça resume-se em proferir a inimputabilidade do menor de 18 anos, ou podemos dizer que às vezes é correto e outras vezes incorreto proferir tal inimputabilidade? Vê este exemplo: se um menor, em perfeito juízo e uma vida boa, apontasse armas para uma freira e, subtraído o dinheiro, voltasse e disparasse um tiro à queima-roupa. Todos, possivelmente, o julgariam imputável. Mas, se o menor havendo se tomado insano e passando por sérias privações, apontasse armas para uma freira e, subtraído o dinheiro, dá um tiro a queima-roupa, por não controlar os tremores. Todos, possivelmente, o julgariam inimputável.

Mas, pelo contrário, a assertiva implicaria: se a justiça se resume em proferir a inimputabilidade do menor de 18 anos em razão de não haver um impacto direto na diminuição da violência com a diminuição da maioridade penal (os dados da Unicef apontarem que os adolescentes brasileiros são responsáveis por 3,8% dos homicídios, contra 96% dos homicídios que são cometidos por maiores de 18 anos.), então, pensemos, também, a inimputabilidade dos pais, dos professores, das freiras etc. – Alguém aqui pode me apontar uma freira que seja responsável por um homicídio qualquer? Se não pudermos apontar, então há mais razão em proferir inimputabilidade das freiras do que do menor de dezoito anos.

Dito isso, não subsiste razão em inferir que "Reduzir a maioridade penal é tratar o efeito. Não a causa!", pois, o objeto da discussão não é propriamente a redução da maioridade penal, mas, sim, a inimputabilidade. Nesse sentido, podemos inferir que, diferente do termo composto "os menores de idade" predicar "inimputabilidade", é a "inimputabilidade" que predica o termo composto "os menores de idade". Assim, só essa última assertiva justificaria a discussão sobre a inconstitucionalidade da proposta de modificação do artigo 228 da CF/1988.

E o que Sócrates quer, propriamente, dizer? Pensemos: se os juristas, sobre a inconstitucionalidade da proposta de modificação do artigo 228 da CF/1988, inferem que "Não há como diminuir a maioridade penal no sistema jurídico brasileiro, a não ser que se faça outra Constituição Federal. Existem normas da Constituição que são consideradas rígidas, intangíveis, cláusulas pétreas", então, podemos inferir que se trata de um sistema que demonstra a verdade, cujos predicados implicam a rigidez, a intangibilidade, a imutabilidade etc.

Nesse caso, consideremos a possibilidade de podermos imaginar, por hipótese, um sistema jurídico que só demonstre a verdade (próprio das cláusulas pétreas). Para tanto, consideremos, ainda, a assertiva "os menores de dezoito anos são penalmente inimputáveis" (artigo 228 CF/88) em U: Essa asserção não é demonstrável em um sistema jurídico.

Vejamos, se U é verdadeira, então não é demonstrável em um sistema jurídico. U é contraditório à assertiva de que um sistema jurídico só demonstra a verdade. Ou, se a asserção "os menores de dezoito anos são penalmente inimputáveis" não é demonstrável em um sistema jurídico é verdadeira, então não é demonstrável em um sistema jurídico. U é contraditório à assertiva de que um sistema jurídico só demonstra a verdade. Ou, se é verdade que a asserção "os menores de dezoito anos são penalmente inimputáveis" não é demonstrável em um sistema jurídico, então não é demonstrável em um sistema jurídico. U é contraditório à assertiva de que um sistema jurídico só demonstra a verdade. Mas, se U é demonstrável em um sistema jurídico, então, não pode ser verdadeira. Ou seja, não U é falsa. Assim, "não U" que é falsa ou "U é demonstrável em um sistema jurídico" que é falsa são paradoxais à assertiva de que um sistema jurídico só demonstra a verdade. Assim, podemos concluir: Um sistema jurídico não demonstra a verdade. Mas, não demonstrar a verdade implica o conceito de validade ou de valor, cujo grau de abstração justifica não ser demonstrável. Portanto, ora "os menores de dezoito anos são penalmente inimputáveis" ora "os menores de dezoito anos são penalmente imputáveis" ou "os menores de dezoito anos não são penalmente inimputáveis", como diria Sócrates.

Trata-se do paradoxo da incompletude que em outra perspectiva pode ser explicado pela repetição ou, como proposto por Wittgeinstein em Gramática Filosófica, corpo de significado. E esse está implicado com a não distribuição do termo médio ou non distributio medii.

É porque entendemos as proposições que sabemos que p implica q OU QUE A MENORIDADE IMPLICA A INIMPUTABILIDADE. Um conceito ou um sentido é explicado originariamente pela implicação correspondente a [p e/ou q] e q é igual a q OU [MENOR E/OU INIMPUTABILIDADE] E INIMPUTABILIDADE É O MESMO QUE INIMPUTABILIDADE ou [p e/ou q] e p é igual a p OU [MENOR E/OU INIMPUTABILIDADE] E MENOR É O MESMO QUE MENOR, cuja justificação ou fundamentação é demonstrada no quadro abaixo:

p	q	[p e/ou q] e q
v	v	v
v	f	f
f	v	v
f	f	f

p	q	[p e/ou q] e p
v	v	v
v	f	v
f	v	f
f	f	f

Mas, o que dizer sobre a não distribuição do termo médio ou de conexão?

Isso é P
Isso é Q
Logo, P é Q

Assim, não proponho a redução da inimputabilidade. Proponho sua desclassificação para um argumento meramente de exceção, como objeto no exercício do contraditório. Ou seja, se quem matar deve ser preso, João que matou não deve ser preso em razão de uma idade qualquer que possa justificar sua conduta.

Não se deixem iludir pelos argumentos do Prof. Guilherme Colen. Ele astutamente provoca em vocês o que Karl Popper denominou problema filosófico da indução ao dizer que todo menor é inimputável (art. 228 da CF/88) – a proposição universal que é a oposição por alternação da proposição algum menor é inimputável. Mas, se aquela proposição universal não é demonstrável, incorremos no paradoxo da confirmação quando imputamos verdade à proposição todo menor é inimputável. Vejamos as implicações:

Hipótese:
É verdade que todo corvo é preto.
Mas, se não é necessariamente verdade que todo preto é corvo,
Com certeza, é necessariamente verdade que todo não preto é não corvo.
Então, o amarelo, que não é preto, do meu fusca, que não é corvo, confirma o fato de que todo corvo é preto.

Podemos dizer, ainda:

É verdade que todo menor é inimputável.

Mas, se não é necessariamente verdade que todo inimputável é menor,

Com certeza, é necessariamente verdade que todo não inimputável é não menor.

Então, o amarelo, que não é inimputável, do meu fusca, que não é menor, confirma, também, o fato de que todo menor é inimputável.

Ou, então, que a superlotação, que não é inimputável, dos presídios, que não é menor, confirma o fato de que todo menor é inimputável.

-X-

TEORIA DO DOMÍNO DO FATO OU PROBABILIDADE DE CULPABILIDADE E A NON DISTRIBUTIO MEDII COMO FUNDAMENTO PARA A NEGAÇÃO DA TEORIA DO DOMÍNO DO FATO OU PROBABILIDADE DE CULPABILIDADE: OS TRIBUNAIS NO SÉCULO XXI

Luiz Augusto Lima de Ávila

Ministros de um Tribunal qualquer defendem a Teoria do Domínio do Fato ou a probabilidade de culpabilidade. Tratar-se-ia, por hipótese, da conclusão do item sobre corrupção ativa no processo de uma Ação Penal qualquer. Alguns ministros desse Tribunal defenderam a legalidade de algumas teses, especialmente da **Teoria do Domínio do Fato** ou da **Probabilidade de Culpabilidade**.

A **Teoria do Domínio do Fato** ou da **Probabilidade de Culpabilidade** implica a dedução de que uma pessoa com poder de decisão em uma instituição qualquer, só pela posição de influência que ocupa, pode contribuir definitivamente para um crime, ainda que não tenha participado diretamente dos fatos. Para conseguir seus objetivos, essa pessoa implica outras pessoas em um esquema e, em razão disso, age com intenção criminosa.

Se considerarmos a possibilidade de contribuir para um crime e o agir com intenção criminosa, podemos inferir que o réu, ainda que não tenha deixado provas concretas, tenha participação central nos fatos. Assim, uma pessoa pode ser condenada por corrupção ativa se sua implicação for inferida por depoimentos e pela sequência de fatos no tempo.

Alguns diriam que um julgamento amparado nessa tese abrirá brecha para que os juízes de primeira instância comecem a condenar sem provas e indiscriminadamente. Alguns diriam que a Teoria do Domínio do Fato já é, amplamente, aplicada no Brasil e o fato é que os crimes de poder são delitos de domínio compatível com o Código Penal Brasileiro. E outros diriam, ainda, que há tradição no direito brasileiro, inclusive no próprio STF, que reconhece a condenação de uma pessoa, por corrupção ativa, que tenha participação nos fatos, embora não tenha deixado provas concretas, em razão da possibilidade de contribuir para um crime e do agir com intenção criminosa, inferidos pelos depoimentos e pela sequência de fatos no tempo.

Mas o que dizer da *NON DISTRIBUTIO MEDII* que, de proposições particulares afirmativas não se pode inferir coisa alguma — salvo a dúvida, da dedução da causa pela consequência ou do paradoxo da confirmação como fundamento da dúvida para a determinação do princípio do in dúbio pro reo?

Simplesmente, se dizemos que um sujeito determinado foi preso com uma faca e que essa faca causou a morte de outro sujeito determinado, então o sujeito que foi preso causou a morte do outro. Ou podemos dizer antes que não necessariamente, pois, dizer que o sujeito que foi preso causou a morte do outro é tão verdadeira quanto dizer que o sujeito que foi preso não causou a morte do outro. E fundamento essa assertiva na não distribuição do termo médio ou de conexão, ou seja, o termo faca, por ser um predicado afirmativo na primeira premissa, não está distribuído e o mesmo termo faca, por ser um sujeito particular na oração, não está distribuído na segunda premissa. E, em razão da não distribuição do termo médio ou *NON DISTRIBUTIO MEDII*, a conclusão resta falaciosa ou duvidosa.

E o mesmo pode ser dito se considerarmos a dedução da causa pela consequência ou a negação da maior extensionalidade do termo do predicado face o termo do sujeito. Ou seja, se um sujeito for preso com uma faca que tenha causado a morte de outro, então esse sujeito causou a morte do outro. Esse sujeito causou a morte do outro. Então, esse sujeito foi preso com uma faca que causou a morte de outro. Se assim o é necessariamente, então não há dúvida de que podemos deduzir a causa pela consequência ou negarmos a maior extensionalidade do termo do predicado face o termo do sujeito. No entanto, se assim não é ou o é não necessariamente, então não podemos deduzir a causa pela consequência ou não podemos negar a maior extensionalidade do termo do predicado face o termo do sujeito.

E não é diferente se considerarmos o paradoxo da confirmação. Ou seja, se é verdade que todo sujeito que mata alguém é criminoso, então, também é verdade que todo sujeito que é diferente de ser criminoso é diferente do sujeito que mata alguém. *Pois, eu digo!* Ser amarelo, com certeza, é diferente de ser criminoso e ser fusca, com certeza, é diferente de ser um sujeito que mata alguém. Daí, todas as vezes em que digo que meu fusca é amarelo estou confirmando que todo sujeito que mata alguém é criminoso.

Pensemos, então, nas implicações decorrentes da validade da **Teoria do Domínio do Fato** ou da **Probabilidade de Culpabilidade** implicadas com a condição de se considerarmos a possibilidade de contribuir para um crime e o agir com intenção criminosa, podemos inferir que o réu, ainda que não tenha deixado provas concretas, tenha participação central nos fatos. Assim, uma pessoa pode ser condenada por corrupção ativa se sua implicação for inferida por depoimentos e pela sequência de fatos no tempo. Pensemos nas implicações do caráter arbitrário dessa hipótese nos tribunais do século XXI.

—x—

A NOM DISTRIBUTIO MEDII E A DEDUÇÃO DA CAUSA PELA CONSEQUÊNCIA

Luiz Augusto Lima de Ávila

Consideremos duas proposições próprias, respectivamente, dos escravagistas e dos abolicionistas, a saber:

A: nós somos cristãos;

B: os negros são homens.

O raciocínio dos escravagistas toma por premissa

(1) B → ¬A (= se nós supusessemos que eles são homens começar-se-ia a crer que nos mesmo não somos cristãos)

(2) Não B (= é impossível que essas pessoas sejam homens)

Para obter a conclusão (2) a partir da premissa (1) é preciso

– aplicar a premissa à lei lógica dita de contraposição ($p \to q$ é equivalente à $\neg q \to \neg p$). Obtem-se, então, não não A → não B o que dá se se elimina a dupla negação

(3) A → ¬B

Dai implicitamente uma premissa suplementar que parece depender da evidência A (= nós somos cristão)

– concluir de (3) utilizando-se a nova premissa A
(4) não B (= os negros não são homens)

Toda ironia de Montesquieu consiste em sugerir como também aceitável um percurso que partindo da mesma premissa (1), isto é B → ¬A tomaria como premissa suplementar não A, mas B (= os negros são homens). Com essa premissa B, com efeito, e a premissa (1) (= B → não A) se é levado a concluir não-A (= Nós não somos cristãos). Podemos observar que A (nos somos cristãos) está para p, assim como B (os negros são homens) está para q no texto abaixo, ou seja:

p (nós somos cristãos);

q (os negros são homens).

PRIMEIRA PREMISSA:

$q \rightarrow \neg p$
Se os negros são homens, então nós não somos cristãos.

SEGUNDA PREMISSA:

p $\lfloor p \rightarrow q$ é equivalente à $\neg q \rightarrow \neg p$: $\neg(\neg p) \rightarrow \neg q$
$= p \rightarrow \neg q \rfloor$

A partir da equivalência por contraposição, que corresponde à substituição do termo sujeito pelo complemento do termo predicado e substituímos o termo predicado pelo complemento do termo sujeito ou a negação de p implicado em uma condicional relativa com a negação de q e a inversão de antecedente e consequente, $q \rightarrow \neg p$ é equivalente por contraposição a $p \rightarrow \neg q$. Ou seja, a negação de "nós não somos cristãos" implicado em uma condicional relativa com "os negros são homens" (se os negros são homens, então nós não somos cristãos) é equivalente por contraposição a "se nós somos cristãos, então os negros não são homens " ou $q \rightarrow \neg p$.

CONCLUSÃO:

$\neg q$

A DÚVIDA E A DEVIDA FUNDAMENTAÇÃO DE NOSSAS ESCOLHAS: MENTIRA, EXCEÇÃO E CONTRADIÇÃO

Luiz Augusto Lima de Ávila

Meugnin é otiepsus e afirma que todos os [s]otiepsus mentem. Se Meugnin for otiepsus e se todos os [s]otiepsus mentem, então, quando Meugnin afirma: Todos os [s]otiepsus mentem está a dizer a verdade. Portanto, Meugnin não mente quando afirma que todos os [s]otiepsus, incluindo ele próprio, mentem. Mas, Meugnin é otiepsus e, por isso, deveria mentir sempre. No entanto, se Deus é todo-poderoso, então, pode criar uma rocha tão pesada que Ele mesmo não conseguisse levantar? Se Deus é todo-poderoso pode criar a rocha, mas se a não conseguir levantar, então Deus já não é todo-poderoso. Mas toda a regra tem uma exceção. E se considerarmos isso uma regra, então essa mesma deve ter uma exceção. Se tem exceção então há pelo menos uma regra sem exceção.

Consideremos, ainda, a seguinte assertiva: "Fez também o mar de fundição, redondo, de dez côvados de uma borda até à outra borda, e de cinco de altura; e um fio de trinta côvados era a medida de sua circunferência." [Primeiro Reis. 7:23]

Podemos pensar em uma incompatibilidade em ser redondo, com dez côvados de uma borda até à outra borda, e ter trinta côvados como medida de sua circunferência? Do mesmo modo, podemos pensar em uma incompatibilidade em ser redondo, com trinta côvados como medida de sua circunferência, e ter dez côvados de uma borda até à outra borda? Podemos pensar que é incompatível uma circunferência de 30 côvados com um diâmetro de 10 côvados? Ou seja, podemos pensar que ou era redondo ou era oval, ou redondo e oval a um só tempo? Consideremos, para tanto, as medidas implicadas no problema:

– Se 1 côvado é igual a 0,66 metros, então, uma circunferência com 30 côvados é igual a 19,8 metros e um diâmetro com 10 côvados é igual a 6,6 metros.

Assim, se multiplicarmos o diâmetro com 6,6 metros, ou 10 côvados, por Pi ou 3,14159, o resultado é correspondente a 20,734494 metros ou 31,4159 côvados de circunferência e não 30 côvados como indicado acima. E, se divido a circunferência de 19,8 metros ou 30 côvados por Pi ou 3,14159, o resultado é correspondente a 6,302541 metros ou 9,549304 côvados de diâmetro e não 10 côvados como indicado acima.

Assim, se o "mar de fundição" é redondo, há um erro na medida da circunferência ou há um erro na medida do diâmetro. Mas, se as medidas estão todas certas, o "mar de fundição" não é redondo e, sim, oval. *Pode Deus ter se enganado?* Se SIM, então Deus é falho. Se NÃO, então o Capeta tem participação no engano e, consequentemente, na provocação da dúvida no homem. Ou por não se tratar de engano, ainda que permaneça a dúvida, pode haver outra solução?

Nesse caso, poderia, então, Meugnin mentir e não mentir!!!

-X-

O CÁLCULO DA FELICIDADE

André Luís Gonçalves
Flávia Oliveira Ramos

Existe uma base racional que sirva de referência para julgarmos as ações humanas? Uma grande maioria não aceita ser corrigida em seus julgamentos alegando que "o que é bom para mim pode não ser bom para você". Dá aflição perceber neste discurso uma tendência natural em desconsiderar tudo o que é de comum acordo em prol da valorização aparentemente incontestável da opinião individual. Em torno da afirmação que "cada um pensa de um jeito" há uma tentativa velada entre as pessoas de tentar tornar obrigatório o consenso sobre seus próprios julgamentos seus morais. Contemplamos um momento de subjetivismo ético onde somos pressionados a aceitar o ponto de vista do outro como se fosse uma lei. Vejamos até que ponto isto se sustenta a partir do cálculo matemático da felicidade proposto pelo Utilitarismo.

Nas aulas de Ética e Filosofia do Direito geralmente é apresentada a ética racionalista do filósofo utilitarista moderno Jeremy Bentham (1748-1832). Bentham acredita que a natureza humana é guiada por dois sentimentos universais: prazer e dor. Uma razão verdadeira deve ser capaz de calcular matematicamente se uma ação proposta gerará maior prazer ou menor dor no indivíduo ou na convivência em sociedade.

De acordo com a teoria de Bentham há um *Princípio da Utilidade* que visa aumentar o prazer ou diminuir a dor com vistas à felicidade. Com base neste princípio podemos afirmar que existe um "cálculo felicífico" cuja unidade de medida criada por Luis Alberto Peluso é chamada de "Benth", em homenagem ao filósofo utilitarista Bentham. O "Benth" é a unidade convencional de variação de qualquer prazer ou dor.

O "cálculo felicífico" deve obedecer o *Princípio da Utilidade* (P_u). Este princípio indica se o prazer ou a dor será maior ou menor de acordo com cada situação vivida. Este PU será resultante do *Prazer total* (Pt) menos a *Dor total* (Dt), ou: $P_u = Pt - Dt$ [Benths]. Quanto mais prazer um ação promover, mais feliz ela será. E quanto maior a dor, mais infeliz ela se torna. Para calcularmos a felicidade ou o sofrimento resultante das ações vividas devemos considerar sete variáveis:

VARIÁVEIS	DESCRIÇÃO
1. Intensidade	corresponde ao volume de emotividade implicado em um prazer ou dor.
2. Duração	corresponde à extensão do tempo entre o início e o término de um prazer ou dor.
3. Certeza (ou incerteza)	corresponde ao grau de convicção que se pode ter de que de que o prazer ou a dor de fato se seguirão a uma ação (ou regra de conduta).
4. Proximidade (ou longinquidade)	corresponde à duração do intervalo de tempo que decorre entre o prazer ou dor e a ação a que estão associados.

5. Fecundidade   corresponde à medida da probabilidade que o prazer ou dor associados a uma ação têm de serem seguidos por sensações da mesma espécie (isto é, dor seguida de dor e prazer seguido de prazer).

6. Pureza   corresponde à medida da probabilidade que prazer ou dor associados a uma ação têm de não serem seguidos de sensações do tipo oposto (isto é, dor seguida de prazer e prazer seguida de dor).

7. Extensão   corresponde ao número de indivíduos cujos prazer e dor são afetados pelos resultados de um determinado curso de ação.

A seguir apresentaremos uma situação hipotética da prática do crime de homicídio e avaliaremos as implicações matemáticas que existem no julgamento moral a partir das sete variáveis propostas por Bentham.

No dia 01 de maio de 1945, por volta das 09 horas e 35 minutos, na Rua A, nº 203, Bairro B, na Cidade C, nesta Comarca, Machado de Assis, fazendo uso de arma de fogo, efetuou três disparos contra a pessoa de Cecília Meireles, apelidada de

"Ciça", atingindo-a na cabeça, provocando-lhe as lesões corporais que levaram-na à morte.

Machado de Assis e "Ciça" viviam amasiados e estavam há mais de uma semana separados, sendo que naquele dia Machado foi até a casa de "Ciça" por volta das cinco horas da manhã, ocasião em que, ao adentrar no local deparou-se com um homem, Guimarães Rosa, iniciando por esta razão discussão com "Ciça".

Tomado pela fúria do momento Machado de Assis armou-se com uma faca e iniciou luta corporal com Guimarães Rosa, que conseguiu desarmar o réu. Após este primeiro acontecimento houve a interferência de outras pessoas, inclusive familiares de Cecília Meireles, tendo o réu, Machado de Assis, dirigido para sua casa e a vítima "Ciça" se dirigido para o seu trabalho.

Por volta das 14 horas e 45 minutos do mesmo dia, Machado de Assis rumou-se novamente até a residência de "Ciça" que, na ocasião, estava conversando com sua amiga Emília Lobato, relatando certo medo de Machado de Assis, pois este disse que iria matá-la. Na oportunidade Cecília Meireles e sua amiga adentraram para o interior de sua residência sendo seguidas por Machado de Assis. No local iniciou-se verdadeira discussão entre "Ciça" e Machado, oportunidade em ele sacou de uma arma de fogo e efetuou três disparos contra "Ciça" que estava de costas, vindo a ceifar sua vida.

Emília Lobato, depois dos disparos, ainda tentou tomar a arma de Machado de Assis que a empurrou contra a parede. Por fim Machado aproximou-se novamente de "Ciça", que já estava caída, e efetuou mais dois disparos contra ela. Após isso Machado de Assis realizou um disparo contra sua cabeça, porém sem lograr êxito. Machado de Assis afirmou que não iria conseguir conviver com tamanho sofrimento e que só teria descanso pondo fim na vida de "Ciça" e na dele.

A análise que se segue considerará a intensidade de dor sofrida pelo réu, Machado de Assis, nesta situação hipotética, quando, após suspeitar que sua ex-companheira mantinha relacionamento amoroso com Guimarães Rosa e, tomado por violenta emoção e pelo sentimento de ciúme, decidiu por ceifar a vida de Cecília Meireles seguida de tentativa de suicídio.

Utilizaremos uma parte do modelo mais simples empregado na modelagem dos cálculos de decisões. Esta modelagem foi baseada no princípio de utilidade da álgebra criada por George Boole (1815 – 1864). Essa álgebra registra apenas a presença de dois valores: 0 ou 1. Estes valores correspondem também a não e sim, pouco ou muito, fraco ou forte etc.

A outra parte da análise se refere a unidade de medida "Benth" que registra as variações de qualquer tipo de prazer ou dor: $Pu = Pt - Dt$ [Benths]. Na unidade "Benth" a alteração em qualquer uma das sete variáveis mencionadas transforma a expressão do valor de prazer ou dor. Considerando as sete variáveis em relação ao crime, temos:

VARIÁVEIS	VALORES
Intensidade Avaliação do ciúme do réu em relação à vítima.	Prazer = 0 Dor = 1
Duração Tempo correspondente entre o início da ação até o momento em que se concretizou o ato: morte da vítima e tentativa de suicídio.	Prazer = 0 Dor = 1
Certeza (ou incerteza) Após o cometimento do ato o réu afirmou que somente aquela atitude poderia pôr fim ao seu sofrimento, gerando certo alívio pessoal. O prazer do réu seria encontrado no momento em que diminuísse a dor que sentia.	Prazer = 1 Dor = 0
Proximidade (ou longinquidade) Tempo aproximado entre a atitude e a efetiva ação de ceifar a vida da vítima. Trata-se do momento em que o réu, tomado pelo ciúme, decide dar um fim naquilo lhe causava sofrimento, conforme sua acepção momentânea.	Prazer = 0 Dor = 1
Fecundidade A sensação da possível traição, geradora de ciúmes, motivou o réu a ceifar a vida da vítima, ocasionando uma sequência de desprazer que o levou a atentar contra sua própria integridade.	Prazer = 0 Dor = 1

Pureza   Prazer = 1

O crime aconteceu com o propósito de aliviar o   Dor = 0
sofrimento vivido por Machado de Assis que
julgou ser melhor dar um fim naquela suposta
situação, gerando alívio para ele.

Extensão   Prazer = 0

Há uma considerável extensão de dor no   Dor = 1
presente caso. Temos elevado número de
indivíduos afetados pela ação do réu, qual seja:
a própria vítima, seus familiares, filhos e pôr
fim a própria sociedade que terá o papel de
julgar a ação cometida pelo réu.

Valores: 0 = Não; 1 = Sim

RESULTADO ESTIMADO

Probabilidade de PRAZER   Probabilidade de DOR
motivado pela ação   motivada pela ação
2   5

Aplicando matematicamente o Princípio da Utilidade em
razão do prazer e dor vividos na situação pelo réu, temos:

$P_u = P_t - D_t$ [Benths] (prazer total menos dor total)

$P_u = 2 - 5$

$P_u = 3$ (Dor)

Consideramos a partir das sete variáveis que:

a) existe apenas a presença de certeza e pureza geradoras de prazer;

b) a intensidade, duração, proximidade, fecundidade e extensão geradoras de dor se sobrepõem ao prazer.

Logo: a intensidade de Dor no ato foi superior a de Prazer. De acordo com o Pu a ação do réu foi infeliz.

Diante da análise dos fatos acima relacionados com o cálculo da felicidade apontamos outros problemas:

1)   Seria possível ignorar o condicionamento da sensação de Dor e mudar o curso de nossas ações em direção ao Prazer?

2)   A probabilidade da Dor gerar Prazer é menor, igual ou maior que do Prazer gerar a dor?

3)   Qual é a probabilidade objetiva de Machado não ter matado Cecília na situação que foi exposta?

4)   Situações como esta podem ser racionalmente evitadas a partir de previsões matemáticas?

-x-

Uma questão costuma remontar a Jorgen Jorgensen (1937), que propôs um problema por ele denominado 'quebra-cabeça'. De acordo com Jorgensen, uma inferência prática como:

Você deve manter as suas promessas.
Essa é uma das suas promessas.
Logo, você deve manter essa promessa.

é falaciosa ou carece de validade lógica. Logicamente, não é necessário que um sujeito qualquer que implica uma regra geral deva também implicar a aplicação particular dessa regra. Que isso se verifique ou não se verifique não implica, necessariamente, a regra geral, mas, sim, de fatos psicológicos, políticos etc. Não é raro que um sujeito implique uma assertiva qualquer como regra geral, mas evite a sua aplicação quando se vê implicado ou afetado. No entanto, se não examinamos bem, essa ideia é decididamente estranha, como é estranha a não distribuição do termo médio ou non distributivo medii.

Luiz Augusto Lima de Ávila